Ren, Takeru & Kushige
「守護者がめざめる逢魔が時」

呑み込んだチョコの代わりに、もっと奥まで指を含む。第二関節から爪まで舐め上げ、また尖らせた舌先で舐め下ろした。動きに緩急をつけ、ねっとりとねぶると、次第に凱斗の眉間に皺が寄るのが面白かった。
「おまえ……いい、加減に……しろよ」
（本文P.202より）

Chara

守護者がめざめる逢魔が時

神奈木 智

キャラ文庫

この作品はフィクションです。
実在の人物・団体・事件などにはいっさい関係ありません。

目次

口絵・本文イラスト／みずかねりょう

お兄ちゃん、と小さな声で呼ばれて肩を揺さぶられた。

起きて。お兄ちゃんってば。ねぇ、起きて。

初めは遠慮がちだったが、揺さぶる力は次第に大きくなっていく。とうとう寝ていられなくなって、葉室清芽《はむろせいが》は渋々と目を開けた。豆電球を点《つ》けただけの薄暗い部屋で、弟の明良《あきら》が真剣な面持ちでこちらを見下ろしている。

「何だよ、明良。またか?」

半ばウンザリしながら尋ねると、明良はこくりと頷《うなず》いた。その顔が蒼白《そうはく》であることは、照明を明るくしなくても想像がつく。肩を摑《つか》んだ幼い右手は、異様に強張《こわば》ったままだった。

「今度は、どんなのだよ」

「……来て」

思い詰めたように、明良が言った。正直、面倒臭いなと思ったが、本人にとっては一大事なのもわかっている。仕方なく清芽は布団から身を起こし、まだ眠気の醒《さ》めない頭を二、三度乱暴に振った。畳の上で明良は身を固くし、懸命に息を押し殺している。まるで、誰かに見つかるのを恐れてでもいるようだ。

「そんなに怖いなら、こっちの部屋で一緒に寝るか?　布団、運んでやるから」

「でも……」

明良は、答えを少し詰まらせた。

「お父さんとお母さんに見つかったら、また怒られるから」

「………」

「とにかく、来て。今度のは、絶対お兄ちゃんにもわかるよ」

「別に、わかりたくないけど」

「あ……ごめんなさい」

これみよがしに溜《た》め息《いき》をつくと、明良がみるみる項垂《うなだ》れる。何だか気の毒になり、清芽は彼の頭を「よしよし」と撫《な》でた。無理やり起こされて八つ当たりをしてしまったが、別に弟が悪いわけではない。むしろ、「わからない」自分の方がいけないのだ。

「あのね、初めて見るやつなの」

自室へ向かう長い廊下を、明良はぎゅっと清芽の手を握って歩き出す。築百年を越す古い家屋は僅《わず》かな振動にも反応し、ぎしぎしと床が不気味に軋《きし》んだ。おまけに夜まで雨が降っていたので、微《かす》かに黴臭《かびくさ》い臭いも漂っている。

「お兄ちゃん、怖くない？」

不意に、明良が泣きそうな声で言った。

「僕、すごく怖いよ。だって……」

「怖くないよ。俺は大丈夫」

震える声音を遮《さえぎ》るように、力強く清芽が返す。それだけでは足らないかもしれないので、ニカッと陽気に笑ってみせた。

清芽は小学六年生、明良は四年生になる。だが、こういう時の明良は一層幼くなるので、清芽はわざと余裕ぶった態度を取ることにしていた。それくらいしか、怯《おび》える弟を勇気づける術《すべ》を思いつかなかったのだ。もし、自分が同じように「わかる」ことができたなら違っていたかもしれないが、それは今更考えても詮無《せんな》いことだ。

「俺は全然平気だし、何かあったら絶対におまえを守ってやる」

「本当？」

「ああ」

「約束だよ？」

「わかった」

躊躇《ちゅうちょ》なく請け合うと、ようやく明良の表情が和《やわ》らいだ。兄弟は互いの手をしっかり握り直し、それきり無言で先へ進んでいく。天井の電灯は何故か寿命が短く、換えてもすぐ電球が切れてしまうのだが、今も橙《だいだい》色の光がくすんで何度か危なげに揺らめいた。

増築した棟にある清芽の部屋とは違い、明良の部屋は母屋にある。両親の寝室もこちらだ。父親は建立《こんりゅう》されて数世紀になる『御影《みかげ》神社』の神主を代々務めている家の直系で、優れた霊能力者を生み出す血族としても地元では有名だ。父の代で九代目、清芽たちで十代目になる。母屋は本殿と渡り廊下で繋《つな》がっており、家族の生活の拠点にもなっていた。

「あのね——あそこ」

この家には洋間がない。故に、子ども部屋も障子で仕切られた和室だ。明良の部屋は中庭に面した六畳間で、廊下との境界である障子は彼が部屋を出た時のまま開け放たれていた。

「あそこだよ、お兄ちゃん」

清芽がいるので気が強くなったのか、明良はしっかりと空いている右手を天井へ向けた。あどけない人差し指が、薄暗い一角を指し示している。

「見える？　男の人が四つん這《ば》いで逆さまになってるの。そんで、ゆらゆら揺れてる。ねぇ、見える？　目玉がなくて真っ黒な穴なんだけど、こっち見て笑ってるでしょう？」

「……男の人？」

「そうだよ。ほら、また笑った。あ！」

突然声を上げ、明良はびくっと後ろへ引いた。どうした、と目で問うと、今度は畳の上を凝視している。それから、半ば呆《ほう》けた声音で「頭が……落ちた……」と呟《つぶや》いた。

頭が落ちた？　天井の男の？　では身体は？　逆さまだったという胴体は？

矢継ぎ早に疑問が湧《わ》いたが、明良の意識は足元に釘づけだ。その視線を追っていれば、落ちた頭が少しずつこちらへにじり寄っているのがわかった。

「こっち来る……」

喉《のど》をひくつかせ、明良が呻《うめ》くように言った。頭だけで？　と清芽は混乱し、想像してみようとしたが本能的な恐怖がそれを妨げる。その間にも明良の目線は少しずつ足元へ移り、思わず清芽も後ろへ身体を引いた。

見えない、何も。音さえ聞こえない。けれど。

――来る。

こちらへ。

頭だけの生き物が、畳の上を這いずってくる。

「……止まった」

「…………」

自分の爪先を見下ろし、明良が震える声音を漏《も》らした。だが、やはり清芽の目にはただの闇しか映らない。何て答えようかと迷った次の瞬間、明良がハッとしたようにこちらを見た。

「お兄ちゃん！」

「え？　あ、な……何？」

突然大声を出されて、何事かと面食らう。見えない霊なんかより、今の方が何倍も心臓に悪かった。しかし、血相を変えた明良はまたしても口をつぐみ、すぐに「あれ……」と息を吐く。

「どうした、明良。いきなり驚かすなって」

「変だな……あれ……？」

同じセリフをくり返し、明良は目を瞬かせた。一体どうしたんだと問い詰めたかったが、何か不吉なことを言われるのではとつい戸惑ってしまう。これまでも「お兄ちゃんの肩に乗った」だとか「服の裾《すそ》を摑んでる」だとか、ろくな報告を受けた例《ため》しがなかったからだ。

「お兄ちゃん、何ともないんだよね？」

「ああ？」

「何も聞こえなかったし、何も感じなかったんだよね？」

ほら、やっぱり。

心の中で嘆息し、清芽は「まぁな」と答えた。それから、続く言葉に備えて身構える。いくら「わからない」とはいえ、霊がどうこうと言われれば気分の良いものではなかった。

「あのね、あの……」

珍しく、明良は言い澱《よど》んだ。どうやら、もう這いずる頭は消えたらしい。言えよ、と目で促すと意を決したような顔で口を開いた。

「頭がね、男の人から取れた頭が、お兄ちゃんを見て言ったの」

「何て」

「…………」

「いいから。俺なら気にしないから、さっさと言えよ」

仕方がないな、と清芽は無理して笑顔を作る。弟の顔色は尋常ではなく、怯えているというよりは困惑の方が色濃く出ていた。これは、よほど言い難いことなのに違いない。

「あのね」

それでも、明良は伝えることにしたようだ。少々大袈裟《おおげさ》だが、それが己の使命なのだと覚悟を決めた様子で、真っ直ぐに清芽を見上げて唇を動かした。

「〝見つけた〟って」

「え……」

「お兄ちゃんの足元まで這って来て、生首が泥みたいな声で言ったんだよ」

見つけた。

おまえを見つけたぞ。

見つけた。見つけた。見つけた。見つけた。見つけた。見つけた。見つけた。見つけた。見つけた。見つけた。見つけた。見つけた。見つけた。見つけた。見つけた。見つけた。見つけた。見つけた。見つけ

「それでね、お兄ちゃんの足に……」

「…………」

「嚙《か》みつこうとしたの」

ぞくり、と全身に鳥肌がたった。

もちろん清芽は何も感じなかったし、何をバカなと笑い飛ばすことも可能だった。けれど、弟が葉室家直系の高い霊能力の持ち主なのは知っていたし、子どもながらにその力は神主である父を上回るともっぱらの評判だ。

「あ、でもね、大丈夫だったんだよ」

表情を引きつらせた清芽に、明良は慌てて付け加える。

「噛みつく前に、消えちゃったから。だから、心配いらないよ」

「消えた……?」

「うん。天井の胴体も、もういない。一緒に、どこかに行っちゃったみたい」

「そう……か……」

それを聞いた途端、深々と安堵《あんど》の息が漏れた。明良の話から察するに、相当な悪意を持った霊のようだ。いくら見えなくても、関わり合いになるのはご免だった。

もう平気だと明良が言うので、清芽は彼を残して自室へ戻ることにする。一緒に寝ても良かったのだが、バレれば「葉室家の人間が霊を怖れてどうする」と両親から叱《しか》られるのだ。一人で暗い廊下を引き返すのは気が重かったが、どういうわけか清芽には霊感と呼べるものが欠片《かけら》もなく、生まれてこの方、霊の姿どころか気配すら感じたことはなかった。

「落ちこぼれだもんな、葉室家の」

自嘲《じちょう》とも諦《あきら》めともつかない呟きは、これまで何度反芻《はんすう》してきたかわからない。両親は何も言わないが、長男の清芽だけ母屋と別の棟に起居させている時点で何の期待もかけていないのは明白だった。父親は、恐らく清芽ではなく明良を次代の神主にと考えているのだろう。

「まぁ、仕方ないよな。霊能力一家の長男が、霊感ゼロの凡人じゃ」

近畿《きんき》地方の山間《やまあい》に位置する清芽の町は、数年前に隣の市と合併するまでは人口千人にも満たない『村』だった。だが、古くからの因習やら迷信が根強くはびこっている土地の空気は現在でも暗く澱み、ともすれば息苦しさを覚えるほどだ。特に神社の守主の一族ともなれば、周囲の見る目もまるきり違う。

だから、一日も早く抜け出したかった。

長男のくせに何の霊感も持たない自分は、葉室家の出来損ないだ。『視《み》える』のが当たり前の環境で、自分こそが異端である事実が十二歳の清芽にはひどく重たい。早く大人になって町を出て、実家のしがらみから自由になりたかった。

「ん……？」

不意に天井の照明が点滅し、廊下を進んでいた清芽は足を止める。先ほども嫌な感じにちらついていたが、もう寿命が尽きたのだろうか。

「嘘だろ。電球取り替えたの、十日前なのに」

思わず声に出して愚痴《ぐち》り、やれやれと再び歩き出す。明日は、一時間目に漢字の小テストがあるのだ。少しでも睡眠を多く取って、万全の態勢で挑まなければ。自立を急ぐなら勉強に励んで、ゆくゆくは東京《とうきょう》の大学へ進学するのが一番なのだから。まだ小学生なのに可愛《かわい》げがない、と親も担任も思っているようだが、清芽だってできれば弟のように優れた霊能力を持って生まれたかった。それが叶《かな》わなかった以上、他の道を模索するしかない。

清芽は自室の障子を開けると、急いで布団へ潜り込んだ。掛布団を捲《めく》り上げたままだったので、夜の湿気がはびこっていて気分が悪い。失敗したな、と思ったが、無理やり目を閉じて眠りについた。

同じ頃。

照明の切れた廊下の中央で、小さな丸い塊がごろんと床を転がった。

『ミツケタ』

塊に一筋の切れ目が横に入り、それはニィィィと笑みをかたち作る。その上にはよく見れば二つの真っ黒な穴があり、そこからぬめぬめと光る腐汁が涙のように滴り落ちていた。

塊はケタケタと音にならない笑い声をあげ、浮かれたようにごろんごろん、と転がる。飛び散った腐汁が床を汚し、湿気に混じって嫌な臭気を漂わせた。

『ミィツケタァァァ』

かくれんぼの鬼のように、塊は歓喜の声をあげる。

それは、すべての始まりを告げる最初の一言だった。

1

まだ止みそうにないな、と柔らかな雨音に耳を澄ませ、葉室清芽《はむろせいが》は溜め息をついた。

秋の長雨、という言葉があるが、季節はそろそろ初冬へ向かっている。十一月に差しかかろうというのに、天気だけが時間の歩みをのろくしているようだ。今日でもう三日、降ったり止んだりをくり返していた。

「洗濯物とか、ホント困るんだけどなぁ」

安物のビニール傘を広げて、清芽はバイト先のコンビニから外へ出る。今日は早上がりなので、時刻はまだ四時を回ったばかりだった。それなのに、見上げた空はどんよりと重たく、すでに周囲は暗くなり始めている。

「はぁ……」

こういう時期は、一人暮らしの部屋へ帰るのが本当に憂鬱《ゆうう》だ。

実家の神社も古いだけあって決して陽気なわけではなかったが、家族がいる分、流れる空気は全然違っていた。しかも、つい昨日まで二つ下の弟が弓道の全国大会とかで三日ほど泊まっていたので尚更だ。大学入学を機に上京してからろくに里帰りをしていないこともあり、久しぶりに身内と心置きなく会話したのがもう懐かしく思い出される。

それに、と濡《ぬ》れたスニーカーの爪先に目を落としながら、もう一度溜め息をついた。

人恋しい以前に、今の清芽には大きな悩みがある。借金だ。厳密に言うと金を借りたわけではないが、数日前に友人が貸してくれたイタリア製の自転車を盗まれてしまったのだ。きちんと鍵《かぎ》をかけておいたのだが、自販機で飲み物を買うほんの数分の間に見事に持ち去られていた。路上駐車だったこと、チェーンはかけていなかったこと、など清芽にも非があり、すぐさま謝罪して弁償を申し出たが、まさか二十万もする高級ブランドとは思わなかった。

「そりゃ、カッコいいデザインだとは思ったけどさ……くそ、迂闊《うかつ》だったよな」

気の好《よ》い友人は「いいよ」と遠慮してくれたが、やはり甘えるわけにはいかない。確かに自分は奨学金を貰《もら》う苦学生で、実家からの仕送りも極力断ってバイトに明け暮れているが、それはそれ、これはこれだ。何とか早急に金を工面し、友人に改めて詫《わ》びたかった。

「けど……なぁ……」

清芽の生まれ育った町では、自転車泥棒なんてそうそういなかった。狭い土地だから、盗んで乗り回していればすぐ見つかってしまうからだ。だけど、東京ではそうはいかない。何しろ人が多すぎる。もう二年も住んでいるのに、まだまだペースが摑めない。

「どうしよう……」

水溜まりを避ける気力もなく、徐々に靴から雨が染み込んできた。這い上がる寒さに清芽は震え、ますます途方に暮れていく。浮かない顔の清芽に弟の明良《あきら》は「何かあったのか」と心配してくれたが、まさか高校生に金の相談などできるはずがなかった。

「はぁ……」

何度目かの溜め息をまた漏らした時、突然「あっ」と小さな叫び声がした。同時に清芽は前へ進めなくなり、何事かと面食らう。俯《うつむ》いて歩いていたせいで、どうやら通行人に傘ごとぶつかってしまったらしい。

「すみませんっ」

慌てて顔を上げ――そうして、目を疑った。

視界に映る鮮やかな赤。

雨に滲《にじ》んだ風景の中、そこだけが空間を切り取ったようにくっきり輪郭を取る。それは、人の手だった。正確には男性と思《おぼ》しき左手で、手のひらに巻かれた包帯からインクで染めたように赤い血が滲んでいる。

「…………」

一瞬、何が起きたのかわからなかった。傘でぶつかっただけで、出血するほどの怪我《けが》を負わせたとはとても思えない。けれど、現に目の前の青年は苦痛に顔を歪《ゆが》め、右手で自分の左手首を摑んでいた。そうすることで、少しでも出血を止めようとしているかのように。

「あ……の……」

「開いた」

雨音を縫って届くその音は、どこか気怠《けだる》く耳へ流れ込む。低く甘やかな響きは端整な横顔によく似合っており、降り注ぐ銀の雫《しずく》も彼を引き立てる道具にしか見えなかった。

「あの……大丈夫……ですか」

おそるおそる声をかけると、ようやく相手がこちらへ視線を向ける。正面から見ると、意外にも野性味を孕《はら》んだ雰囲気に驚かされた。顔立ちは整っているが、きつい眼差しと癖のある不《ふ》遜《そん》な表情が威圧感を生み、清芽を少なからず気後れさせる。

無雑作に整えた漆黒の髪、黒いジャケットに黒いパンツ。インナーはライトブルーの開襟《かいきん》シャツだが、それ以外はアクセサリーもなく見事に全身黒ずくめだ。細身だが均整の取れた体躯《たいく》と長い手足は、隙《すき》のない佇《たたず》まいと相まって鍛え抜かれたスポーツ選手を思わせた。

「傷口が開いた」

思わず見惚《みと》れていたら、薄い唇からつっけんどんな声が響く。

「おまえの傘が、ちょうど俺の左手に当たったんだよ」

「う……そ……」

反射的に出た言葉に、青年が不快そうに目を細めた。彼が言っているのは恐らく傘の骨の先端のことだろうが、偶然左手を上げた瞬間にぶつかりでもしない限り、位置的に傷つけるのは

難しい。だが、傷口が開いて出血しているのは事実だし、ここで否定したところで水掛け論になるだけだ。

「あ、えと、そうだ。とりあえず傘を……」

青年がずぶ濡れなことにやっと頭が回り、清芽は傘を差し出した。長身な彼とは二十センチ近く差があり、仕方なく懸命に右腕を伸ばす。すると、柄を持った右手ごと乱暴に掴まれ、ぐいっと問答無用に引き寄せられた。

「ちょ、何するんですかっ」

「これくらい近づかないと、お互いに濡れるだろ」

「…………」

それはそうだ。ビニール傘に男二人は、さすがにスペースが厳しい。けれど、(何か変だ)と清芽は思った。普通、それだけの理由で男が男を抱き寄せたりはしない。

「まずいな。血が止まらない。おまえ近くか？」

「は、はい？」

「この近くに住んでるのかって、訊《き》いてるんだよ」

苛々《いらいら》したようにくり返すと、青年は掴んでいた右手を気まずげに放した。どうやら、無意識の行動だったようだ。瞳に狼狽《ろうばい》の色を認めた清芽は、そんなに悪い人ではないかもしれないと思った。だが、だからといって迂闊に住所を教えて、後々面倒に巻き込まれるのは困る。

「おい、人の話聞いてんのか。さっさと答えろ」

「いや……でも……」

「血がどんどん出てくるんだけど」

「……近くです」

逡巡《しゅんじゅん》した後、とうとう観念して清芽は答えた。

真相はともかく、ここで怪我人を放って逃げるわけにはいかない。

「俺の傘が当たったんなら、うちで手当てします。それでいいですか」

「へぇ？」

勝ち気な声音に、青年は少し驚いたようだ。まさか、清芽が自分から手当てを申し出るとは思わなかったのだろう。だが、すぐにニヤリと笑むと興味深そうに顔を覗《のぞ》き込んできた。

「おまえ、ずいぶん親切なんだな」

「時間、大丈夫ですか。あと、病院の方がよければそれでも……」

「大袈裟なことはいい。包帯換えて出血が収まれば問題ない。血まみれの手で歩き回ったり、電車に乗ったりはできないからな。目立ちすぎる」

「確かに……周りの人は、びっくりするでしょうね」

同意して、清芽も相手を真っ直ぐに見つめ返す。身体が密接しているためやたらと視線が近くて居心地が悪かったが、意地でも逸《そ》らすものかと思った。もし、彼が見込み違いの悪人だったら……と思うと気持ちが怯《ひる》んだが、ここで引いたらつけ込まれる気がする。

「じゃ、お言葉に甘えて行くか」

意外にも、先に視線を外したのは青年の方だった。清芽から強引に傘を奪うと、家はどっちだ、と目で問いかけてくる。鋭利な見た目と目つきの剣呑《けんのん》さは第一印象通りだが、良からぬ下心がありそうには見えなかった。

（でも……やっぱり浅慮だったかな）

見知らぬ人間をあっさり自宅へ連れていくなんて、大学の友人たちが聞いたらきっと呆《あき》れるだろう。それでなくても、日頃から「危なっかしい」「呑気《のんき》すぎる」とさんざんネタにされているのだ。確かに田舎育ちというのを抜きにしても清芽のペースは独特らしく、皆とテンポが合わないことも多い。警戒心や猜疑《さいぎ》心は人並みに持ち合わせてはいるが、一方で「何とかなる」と恐ろしいほど楽観的なところもあって、結果的に危機感ゼロに見えるようだ。

（俺なりに判別はしてるんだけどな。信用できる相手と……できない相手）

先刻とは打って変わり、無言で隣を歩き続ける彼。その顔を心に思い浮かべ、変な人だと改めて思った。そう、青年は『危険』ではなく『変』なのだ。態度は粗暴で威圧感があるが、あまり嫌な感じはしない。けれど安心できるかと問われれば、やはり頷くことはできない。

（何だろう、この感じは。ちょっと懐かしいような気もするし、警戒を怠っちゃいけない気もする。初めて会った相手にしては、何だか……『変』だ……）

どこかで、もしかして会っていたのだろうか。あるいは、コンビニのお客とか。でも、こんなに目立つ人間を綺麗《きれい》さっぱり忘れるなんてありえない――止まない雨音が、思考に引っかかるモヤモヤを増幅させる。う〜ん、と頭を悩ませていたら、唐突に青年が声をかけてきた。

「おまえ、腹は減ってないか？」

「え？」

何だろう、この話題の飛び具合は。

ひょっとして、夕食でもたかられるのかと疑う清芽の目の前へ、横からいきなり小さな箱が差し出された。煙草《たばこ》？　と一瞬思ったが、そのまま落ちてきたので慌てて両手で受け止める。手のひらに転がったパッケージには全面イチゴのイラストがプリントされ、中央にはピンクと黒のツートンカラーになった三角錐《すい》の菓子が印刷されていた。清芽も知っている、子どもの頃から馴染《なじ》みの有名なチョコレートだ。

「これ……」

「やるよ。治療の礼だ」

「はぁ？」

意味がわからず相手を見上げると、横顔でフフンと笑われた。子ども扱いされたようでムッとしたが、悪気がある風にも思えない。どうしよう、と手のひらの箱を見つめ、よりによって何でこの菓子なんだろう、と困惑した。どう考えても大の大人が買うものではないし、しかもすでに封が開いている。要するに、食べかけをくれたらしい。

(えーと……)

ますます反応に困り、清芽は黙り込んだ。

宇宙ロケットをイメージした小粒のチョコは何度かパッケージデザインをリニューアルし、息の長い人気を保っている。子どもの頃は清芽もこれが大好きで、よくオマケの食玩を集めたり明良と取り合ったりしたものだ。だが、それはあくまで小学生の頃の話だ。

「何だよ、いらないのか?」

「い、いや、その……いきなりだな、と思って。これ、好き……なんですか」

「………」

「そっ、そんなわけないですよね。あ、そうか。パチンコの景品とか、誰かに貰ったとか」

「おまえ、もう黙れ」

何が気に障ったのか知らないが、懸命にフォローしようとする清芽へ彼はこれみよがしに溜め息をついてみせた。何だよ、と憤慨しつつ、仕方なく箱から二粒ほど口へ放り込んでみる。甘いロケットを舌の上でゆっくり転がすと、懐かしい味が口中に広がった。

「あ、次の角を左です。そのまま真っ直ぐ路地を十メートルほど……」

チョコに気を取られている間に、アパートの近くまで来ていたようだ。慌てて先を誘導したが、角を曲がるなり青年がいきなり足を止めた。

「どうか……しましたか？」

「………」

「あの……」

それきり一向に動こうとしない相手に、清芽も何事かと声をかける。目的地はすぐ目の前なのに、彼は道の真ん中に立ち尽くしたままアパートを凝視していた。

「どこ……見てるんですか……」

返事はない。けれど、怖いくらいに厳しい眼差しは三階のベランダへ向けられていた。瞬きもせず、まるで誰かと睨《にら》み合ってでもいるようだ。ただならぬ空気に清芽はぞくりと寒気を覚え、彼に倣《なら》って同じ方向を見てみた。

（俺……の部屋だよな、あそこ。でも、何で……）

視線の先にあるのは、築二十年の木造三階建てアパートだ。各階に間取り１Ｋの部屋が三つ入っており、彼が見ているのは紛れもなく清芽の部屋のベランダだった。とはいえ広さは猫の額ほどで、鉢植えを三つ四つ置けばいっぱいになってしまう。ありふれた、どこにでもある質素な空間だ。もちろん、今は洗濯物も出ていない。

「……おまえ」

一瞬も目を離さず、彼がボソリと呟いた。

「よく、あんなところに住めるな」

「な……ッ」

どういう意味だ、と面食らったが、どうも様子がおかしい。古アパートにケチをつけているのではなく、何か別の理由から言っているようだ。嫌悪を滲ませた眼差しは、貫くような鋭さである一点へ向けられている。

ある一点——ベランダの手摺《てす》りだ。

彼はスイと血だらけの左手を上げると、無人のその場所をためらいもせずに指差した。

「あそこに……」

『ぶらさがっているよ』

ぞくっと、鳥肌がたった。耳元で、幼い明良の声が蘇《よみがえ》る。何もいない空間を指差し、弟はよく言っていた。あそこに人がいる。血だらけの服を着てうろうろしている。首がないよ。両腕が肘《ひじ》から千切れているよ。肌が焦げている。ずっと何かを叫んでいる。助けてって言ってる。

あそこに、誰かがぶらさがっているよ。

柵《さく》の間から、部屋の中を見ている。お兄ちゃんを見ている。

あそこに——……。

「いや、悪い。何でもない」

「え……？」

「俺の見間違いだ。気にするな」

突然、緊張が破られた。青年は短く息をつき、いくぶん口調を和らげる。だが、清芽は直感で嘘だと勘付いた。きっと、彼は『何か』を見たのだろう。とても恐ろしくて、良くないものを。けれど、「視えない」清芽には言っても無駄だと思ったのだ。

「行くか」

気を取り直すように、ポンと背中を叩《たた》かれた。不思議なことに、その途端スッと全身から嫌な緊張が抜けていく。清芽は深く息を吐き出し、彼と一緒にのろのろと歩き出した。

もしかしたら、あんたも……視えるのか。明良みたいに。

心の中で、そう話しかけてみる。

先刻の彼は、明良と同じ目をしていた。現実と非現実の境目に向けられた、少し悲しげで曖《あい》昧《まい》な眼差し。ちょうど、『逢魔が時』と呼ばれる時間と同じ色に染まった瞳だ。

「雨、鬱陶しいな」

ポツン、と彼が口の中で呟いた。そうですね、と上の空で相槌《あいづち》を打ちながら、清芽はハッと自分の右手を見る。まるで不吉な未来を暗示するかのように、握り締めていたチョコの箱がぐちゃぐちゃに潰《つぶ》れていた。

ああ、気持ちがいい。
どろどろと腐った空気が、毛穴を這い回る蛆虫《うじむし》が、耳に注ぎ込まれる苦悶《くもん》の声が。
ああ、ああ、ああ。
恍惚《こうこつ》の呻《うめ》きを漏らし、ごろんごろん、と暗闇を転げ回る。
もげた首の断面から変色した血管がびちびちと跳ね、その感覚がまた心地好い。
愚かだった。かつての自分は、本当に愚かだった。
こんなにも気持ち良い場所を、どうしてあんなに怖れていたのか。
だが、そんな自身への問いもすぐ闇に呑《の》み込まれた。
人の記憶など、もう必要ない。快楽だけがあればいい。
腐臭の漂う世界で呪詛《じゅそ》の調べに耳を傾け、極上の魂に食らいついてやる。
そう――食わなくちゃ。食わなくちゃ。食わなくちゃ。食わなくちゃ。
「ミィツケエタァアアァアアァアァアァ」
歓喜の叫びに裂けた唇から、ごぶごぶと黒い血が溢《あふ》れ出た。
生温かくて気持ちがいい。生臭くて心地好い。
滴り落ちる雫には、食らったモノの破片が混じっていた。
まだ生きているのか、キィキィと小さな声をあげて蠢《うごめ》いている。
啜《すす》ってやった。嚙み砕いてやった。口の中でぷちぷちと音がした。

ああ、ああ、ああ。

うまい。

「そんじゃ、葉室。おまえ、見も知らぬ男を部屋にあげて手当てしてやったの？」

パスタのフォークを持つ手を止めて、友人の立石《たていし》が呆れ顔になる。いや、彼だけではない。構内のカフェでたまたま居合わせた顔馴染みの連中が、揃《そろ》って同じ顔をした。

「ありえねー。つか、マジありえないから」

「葉室、おまえさぁ……いや、皆まで言うまい」

「けどさ、本当に大丈夫なのかよ。鍵とか替えた方が良くね？」

口々にあれこれ言われたが、清芽は苦笑いするしかない。ある意味、予想通りの反応だったし、数日たった今では自分でも無謀なことをしたな、という思いの方が強かったからだ。

怪我をした青年は、二荒凱斗《ふたらかいと》、と名乗った。

もともと精悍《せいかん》で整った容姿だとは思っていたが、非凡な雰囲気はみすぼらしいアパートにはどうにも不似合いだ。低い天井の下で窮屈そうに床へ座る彼を見て、こんなことなら近所のファミレスにでも行って手当てすれば良かったと今更のように後悔した。

『……なぁ』

しばらく居心地悪そうにしかめ面をしていた凱斗が、おもむろに口を開く。そうして、彼は清芽をますます後悔させるようなことを言い出した。

『この家に、清酒と塩、あるか？』

『はい？』

思わず耳を疑ったが、凱斗はしごく真面目な顔だ。初めての家に上がり込んで開口一番がそれか、と清芽は唖然《あぜん》とし、そもそも出血しているのに飲酒なんてとんでもないと言い返そうとした——が、直後に（あっ）と別の意図に気づく。

『まさか……お祓《はら》いでもするつもり、とか……』

おそるおそる問い返すと、案の定ニヤリと不敵な笑みが返ってきた。

『ふぅん、よくわかったな』

『あ、いや実家が……』

『実家？』

鸚鵡《おうむ》返しに問われて、（まずい）と焦ったがもう遅い。興味をそそられた相手に何だかんだと誘導されるまま、結局は『御影神社』の名前を言わされてしまった。だが一方で、もし彼が怪しげな霊能力者を名乗って高い壺《つぼ》でも売りつけようとしているなら、神社の息子というのは牽制《けんせい》になるだろう、とも思う。

ところが。

それを聞いた凱斗の反応は、あらゆる予想を裏切るものだった。

『なるほど。じゃあ、おまえが葉室明良の兄ってわけか』

『え……』

『弟の噂《うわさ》なら、俺も耳にしたことがある。Y県にハンパない霊感少年がいるってな。こういう業界は、すぐ話が流れるんだよ。偽物だの詐欺《さぎ》だの、良からぬ連中も横行してるだろ』

『…………』

まさに、あなたがそうじゃないかと疑っていたところですが。

そう言いたいのをぐっと堪《こら》え、清芽は黙り込んだ。同時に、どんなに実家から離れても逃れられない宿命のようなものを感じ、気分がどんよりと塞《ふさ》ぎこむ。明良のことは兄弟として愛してはいるが、また比べられるのかと思うとウンザリだ。

『あの、先に言っときますが』

『ん？』

『弟はともかく、俺に霊感はありませんから。まぁ、薄々気づいているとは思いますけど、その手の期待はしないでください。俺はまったくの凡人で、明良みたいな力は欠片も持ってません。お祓いとかも知識として知ってるだけで、その手の話にはついていけませんから』

『何だよ、藪《やぶ》から棒に』

『兄弟だからって、能力まで似ているわけじゃなし。勝手にがっかりされても困る……』

『ちょっと待て』

半ば自棄《やけ》気味にまくしたてていたら、途中で呆れたように遮られる。ハッとして口をつぐみ、清芽はこちらを見つめる目をまともに見返した。

『おまえ、いつもそんな風に考えているのか？』

『え……え？』

『あのなぁ』

はぁ、と短く溜め息をつき、凱斗はしばし言葉を探すように沈黙する。その横顔は困惑に縁取られており、不用意に明良の名前を出して後悔していることを窺《うかが》わせた。

『……おまえは、おまえだろ』

やがて、ボソリと彼が呟く。ぶっきらぼうな一言だったが、思案を重ねた挙句に口にしたのは充分に伝わる声音だった。清芽は不意に胸が詰まり、上手《うま》く返事ができなくなる。気休めや慰めではなく、本気でそう言ってくれているのがわかったからだ。

『確かに、おまえの言う通りだ。兄弟だからって似ているとは限らないし、その必要もない。俺のは、ただの世間話だ。悪かったな、余計なことを言って』

『え、あ、いや……そんな……』

『…………』

どうしよう。そんなに真面目に謝られると、どんな顔をしていいか困ってしまう。

今のは単なる僻《ひが》みでしかないのに、聞き流しもせずに「おまえは、おまえだ」なんて言ってくれた人は初めてだ。

『こっちこそ、その……すいません、過剰反応しちゃって。あ、でも明良のことを褒《ほ》められるのは兄として嬉《うれ》しいです。それは本当です。だから、つまり……』

『ふぅん、良い兄さんやってるんだな』

『そ、そういうわけでもないけど』

『よし。じゃあ、清酒と塩だ』

『へ？』

ガラリと調子を変え、テキパキと凱斗は言った。切り替えの早さに唖然としていると、急《せ》かすようにズイと迫られる。

『あるなら、早く出してくれ。そろそろ、アレを抑えないと落ち着かない』

『アレ……って……？』

『ベランダにいる奴だよ』

きっぱりと言い切られ、思わず息を呑んだ。先ほども「業界」なんて言い方をしていたし、やはり霊視とかお祓いとか、そういう仕事をしている人間なのだろうか。

（それに……多分、この人は『本物』だ。明良も前に似たようなことを言っていたし）

家賃の安さだけで決めた物件だったが、不動産屋からは曰《いわ》くのある部屋だとは聞いていなかった。現に、前の住人も大学卒業まで四年間住んでいたらしい。

それなのに、高校が春休みだからと引っ越しの手伝いに上京してくれた明良は、すぐさま「良くないね」と言い出した。けれど、生憎《あいにく》と清芽には何も視えないし感じられない。明良の霊能力は確かだが、実害がないなら気にしないよ、と笑って流してしまったのだ。霊の存在は実家でも身近だったので（何しろ、子どもの頃は明良がのべつまくなし霊を視ては怯えて泣きついてきたのだ）、変な話、慣れているということもあった。

（そういや、今回泊まりに来ていた時も様子が変だったよな。妙にそわそわしたり、異様にベランダを気にしたり。相変わらずだね、なんて溜め息ついてたけど……）

帰り際、明良は持参した霊符を貼《は》って帰っていった。兄さんはこういうの嫌だろうけど、念のためだから、と真剣に言われれば、ダメだとは言えなかった。

（でも、結局……）

せっかくの心遣いだったが、今朝にはもう霊符は消えていた。初めはベッドの下にでも落ちたのかと思ったが、バイトへ行く途中のゴミ集積所で千切られた残骸を発見した時はさすがにゾッとしたものだ。窓を開けた拍子に風に攫《さら》われ、拾った誰かが深く考えずに破り捨てたんだろうと無理やり自分を納得させたが、そうではないことは本能的に感じていた。

「おーい、葉室。話、聞いてるか？　なぁ、そいつ何者だったんだ？　年恰好とか仕事とか、少しは相手としゃべったんだろ？　ヤーさんとか、ヤバい系の人間じゃないのか？」

「え……？　あ、ごめん、何？」

「ああ、もうコレだよ。葉室は、ほんっと危機感薄いよなぁ」

回想に耽《ふけ》っていた清芽は、呆れ返った立石の声で現実に戻る。

いつの間にか彼はボンゴレのパスタを綺麗にたいらげており、自分の手つかずのカレーライスを苦笑いで見ていた。

「ええと、年は……多分、二十代半ばか後半かな。三十にはいってないと思う。何してる人かわかんないけど、かなり男前だったし妙なオーラみたいなのもあったから、普通のサラリーマンって感じじゃなかったなぁ。でも、ヤクザっぽい感じもしなかったよ」

霊能力者、なんて言ったら胡散臭《うさんくさ》さに拍車がかかるので、適当にぼかして説明する。実際、凱斗は身元を詳しくは話さなかった。清酒と盛り塩を供えて怪我の手当てを終えると、じゃあなと取りつく島もなく帰っていったのだ。肝心の怪我自体も、あれほど出血していたとは信じられないほど傷口は浅く、傘で当たったくらいで開いたとは到底思えなかった。

「そっか。おまえのこと詮索したりしなかったのか？　治療費払えとかさ」

「うん。大体、俺のボロアパート見たら金なんかないことは一目瞭然《りょうぜん》……あ……」

「どうした？」

不意に会話を途中で止めた清芽に、立石が不思議そうな顔をする。だが、気まずそうな表情を見てすぐ察したのか、何でもない素振りで口を開いた。

「自転車のことなら、焦らなくていいよ。あれ、普段はそんなに使ってなかったんだ」

「うん……ごめんな」

「いいって。葉室が〝何がなんでも〟って言うから弁償してもらうことにしたけど、保険かけてなかった俺も悪いんだし。ああいう機種は、普通は盗難に備えておくべきなんだよ」

「………」

確かに、二十万もする自転車ならそうだろう。立石の家は裕福で本人も普段は車を使っているし、自転車はインテリア感覚で購入したと言っていた。だからこそ、こうして悠長に待っていてくれるのだ。けれど、そこに甘えてしまっては自己嫌悪が募るばかりなので、何とか早急に金を工面できないものかと清芽は焦っていた。

(そうだった……。変な男に関わってる場合じゃなかったんだよ。何でもいいから、手っ取り早く金の稼げるバイトを増やさないと)

そうなると、やはり水商売か肉体労働だろうか。接客は苦手だし体力も並み程度なのでどちらも自信はなかったが、とにかく当たってみるしかない。

「じゃあな、立石。自転車の件、もうちょっとだけ待ってくれ。ごめんな」

「ああ。頑張り過ぎて、また変な奴に捕まんなよ」

「それはないって」

　急いでカレーライスをたいらげ、こうしてはいられないと席を立つ。周りの友人たちは、もう違う話題で盛り上がっているようだ。誰かが持ってきた雑誌を広げて、新作映画がどうのこうのと話している。大方、デートにはどれがおススメか、なんて考えているのだろう。

（デートか……。東京来てからバイトと講義で手いっぱいで、女の子と遊ぶ余裕なんて全然なかったなぁ。こっちの子は、皆可愛いんだけど……）

　清芽も、二年間まったく恋愛に縁がなかったわけではない。何度か告白もされているし、一見地味だけどよく見ると整った顔してる、なんて言われているのも知っていた。高校時代はGFもいたし、何より自分と顔立ちの似ている明良はすごくモテる。

（多分、備わっている雰囲気が全然違うんだろうな。あいつは凜《りん》としているし、白衣で弓を構えているところなんか自分の弟ながら凄《すご》いカッコいいし）

　高校へ行く傍ら次期神主となるべく修行もしている弟に、嫉妬《しっと》や羨望《せんぼう》がないと言えば嘘だった。幼い頃より培《つちか》われた強い劣等感は、そう容易には消えてくれない。

「おっ！　こいつ、櫛笥《くしげ》じゃん。何、映画の監修だって。すっかりタレント気取りだな」

「櫛笥って、最近テレビ出ずっぱりの霊感屋？　けど、こいつの霊視って当たるんだろ？」

「どうだかなぁ。出始めの頃は、何か本物っぽくて〝お？〟とか思ったけど……」

「ネットで見たんだけどさ、鑑定してもらうの一年待ちで一回につき最低五十万だってよ」

ありえね〜！　と一同が声を揃えたところで、清芽はそっとカフェを後にした。けれど、耳の奥では友人たちが騒いでいた「一回につき五十万」という言葉が残っている。こっちは汗水たらして働いても数ヶ月はかかるだろう金額を、たった一度の霊視で稼いでしまうのか。そう思うと、何だかやりきれなかった。

（うちの父さんや明良も、どうしてもって頼まれた時だけはやるけど……）

それでも、五十万なんて法外な額など「ありえない」。霊視にも波長の合う合わないがあり、百パーセント確実とは言えないからだ。雑霊が紛れ込んで出まかせを吹き込んだり、霊視した霊そのものが嘘をつく場合もある。

（ま、明良は騙《だま》されないけどな。あいつの能力は、ほんと人間離れしてるから）

どちらにせよ、凡人の自分には関係ない話だ。

それよりもバイト探さなきゃ、と清芽は深々と溜め息をついた。

困りましたねぇ、と男が薄闇の中で溜め息を漏らす。

声の調子は若々しいが、慇懃無礼《いんぎんぶれい》な響きは年齢不詳の怪しさがあった。首まできっちりとシャツの襟《えり》で隠し、時代錯誤なフロックコートが棒のような長身の身体を包んでいる。

照明を落とした室内では、点在する燭台《しょくだい》の炎だけが頼りだ。重く澱んだ空気と厚いカーテンに閉ざされた空間を、彼はぐるりと芝居っ気たっぷりに見回した。

「皆さまは、それぞれに優秀だ。人並み外れた、高い霊能力を備えていらっしゃる。その力に縋《すが》る人間は後を絶たず、中には法外な謝礼金を惜しみなく差し出す者もいる」

「あれ？　もしかして、それは僕への当てつけかな？」

陽気な声が、部屋の一角から聞こえてくる。フロックコートの男はそちらへ顔を向け、礼儀正しく頭を垂れると「何か、お気に障りましたか？　櫛笥さま」と微笑《ほほえ》んだ。

「気に障るってほどではないけど」

櫛笥と呼ばれた青年が数歩前へ出て、揺らめく炎にその容貌《ようぼう》を晒《さら》す。

肩まで伸ばした茶髪は毛先まで手入れが行き届き、薄く色のついた眼鏡の奥では謎めいた瞳が妖《あや》しい光を湛《たた》えている。そんな彼をかろうじて真っ当に見せているのは、全身を包む不思議な清潔感だった。貴公子然とした佇まいも嫌みにならず、怜悧《れいり》な美貌は多くの人間を一目で魅了する。趣味の良いスーツを引き立てる、モデル並みのスタイル。低めでまろやかな、甘い声音。それら全てのアイテムが、常人離れした一人の青年を作り上げていた。

「法外な謝礼金は、あくまで依頼人の意思だからね。僕から要求したことは一度もないし、それでトラブルになったこともない。ここ重要だよ。メモしといて」

「了解しました。今後、言葉には充分気をつけましょう」

ゆるりと顔を上げ、フロックコートの男は再びにんまりと笑んだ。しかし、すぐさま別の一角から櫛笥の言葉に嚙みつく者が出る。

「よっく言うよ、タレント霊能者のくせに。おまえ、この間の心霊番組ひどかったぞ」

「や、やめなよ、煉《れん》」

「なんでだよ、尊《たける》。頭空っぽなバラドルに〝亡くなられたお爺《じい》さまは、いつも貴女を見守っておられます〟とか言っちゃってさ。おまえ、あの女の後ろにはべったり若い男の霊がついてたって言ってたじゃないか。そいつが、ずっと恨み言呟いてたって」

「ふぅん、尊くんには視えてたのか。さすが、西四辻《にしよつつじ》家本家の跡取り息子だね」

感心したように櫛笥が答え、踵《きびす》を返すなり二人の少年の前へ歩み寄った。どちらも十四、五歳で背格好はよく似ていたが、顔立ちは対照的といっていいほど違う。

初めに口を挟《はさ》んだ煉と呼ばれた方は、勝ち気な黒目と生意気そうな表情が、ある種のふてぶてしさを感じさせる。だが、全身から漂う他を圧する空気は彼を単なる怖いもの知らずに留めてはおかず、少年の誇り高さ、未知の可能性の大きさを窺わせた。

一方、尊と呼ばれた少年は、煉に比べるとまるで少女のような可憐《かれん》さだ。透明感のある白い肌と耳の下で真っ直ぐに切り揃えた漆黒の髪は、美しく繊細な人形を思わせた。控えめな瞳と小動物めいた表情は、あまりの愛らしさにからかったり苛《いじ》めたくなるほどだ。もっとも、彼にそんな真似《まね》をしたら番犬よろしく側についている煉が黙ってはいないだろうが。

「西四辻煉くんと尊くん。確か、君たちは従兄弟《いとこ》同士だったね」

「それがどうした、櫛笥早月《さつき》」

「おやおや、こっちは〝くん〟をつけたのに僕のことは呼び捨てか。煉くん、君の不遜な態度は協会でも憂慮されているらしいよ。この機会に、改めたらどうかな？」

「す、すみません、櫛笥さん。煉、悪気はないんです。許してやってください」

「何で尊が謝るんだよ。そっちこそ、やたらとメディアに出ちゃ適当な霊視しやがって。お陰で、俺たちまで胡散臭い目で見られるんだからな。櫛笥、おまえこそ協会の面汚しだ」

「あのねぇ……」

「はい、皆さま。申し訳ありませんが、そこまでにしてください」

場が険悪になったところで、やんわりとフロックコートの男が取り成しに入った。櫛笥は子ども相手にムキになりかけたのが気まずいのか、さっさと自分の位置へ戻っていく。けっ、と煉が毒づき、尊に小声でまた窘《たしな》められた。

「これは、問題がまた一つ増えてしまったようですね」

これみよがしに溜め息をつき、フロックコートの男は事態を憂う。

「皆さまは、協会の推薦により集まっていただいたメンバーです。それが、こうも足並みが揃わないとなると……どうしましょうか」

「知るかよ、そんなの。協会に言って、取り替えてもらえば？」

「気軽に言うね、煉くん。デリヘルのチェンジじゃないんだからさ」

「くっ、櫛笥……ッ！　ばっ、ばっかじゃねぇのっ。誰がそんな意味……ッ」

「……煉。デリヘルって何？」

本気でわからないのか、真っ赤になる煉へ尊が真顔で尋ねた。お陰でますます煉は言葉に詰まり、してやったりと櫛笥は愉快そうに笑う。フロックコートの男は再び嘆息し、だが声音はあくまで淡々と先を続けた。

「今更、人選をやり直せというのも無理でしょう。第一、もう時間がない」

「…………」

「N建設との契約によれば、引き渡しの期限は一週間後です。要するに、皆さまには一致団結して、一週間の間に仕事を完璧《かんぺき》に遂行していただかねばなりません」

そのことについては、呼び集められた際に全員が説明を受けている。そうして、「何が起ころうとも契約期間中は仕事を放棄しない」と約束させられていた。

ただし——唯一つの例外を除いては。

「〝霊障により、精神的及び肉体的に回復不能なダメージを負った場合〟……ね。早い話、僕たちに何らかの危険が降りかかる可能性があるってことだ」

「こっわ。俺、今までいろんな案件に尊と駆り出されたけど、そんな怪しい条項が契約書に記載されてんの初めて見たぜ。しかも、当方は一切の責任を負いません、だとさ。怪我したら自己責任って意味だろ。ふざけてるよな？」

解せぬ、とばかりに煉が首を傾《かし》げ、そこだけは意見が合ったのか櫛笥と顔を見合わせる。尊は不安に瞳を曇らせ、目立たぬようにそっと煉のパーカーを右手で握った。

「皆さんが戸惑われるのも、当然でしょう」

フロックコートの男は、欠片も感情を交えずに神妙に頷く。

「しかし、私の依頼人は大変期待しております。皆さまならば、きっと上手く仕事をやり遂げてくださると。そのために、破格のギャラもご用意したわけですから」

「ああ、確かに依頼人の気前は良かったたね。一週間の拘束を鑑《かんが》みても、お釣りがくる額だ」

「まぁな。一人につき、三百万はデカいよな。尊、おまえの欲しがってたロボットアニメの限定フィギュア、余裕で百体は買えるぞ。良かったな！」

「れ、煉！　そういう話は……」

「フィギュアに三百万？　おやおや、子どもがそんな高額な買い物するのは褒められたことじゃないなぁ。しかも、アニメの限定フィギュアだって？　呆れたもんだね。君たち、仮にも西四辻家の人間でしょうが」

櫛笥が呆れて口を挟むと、たちまち煉が冷ややかな目つきで睨み返した。

「うるせぇよ、成り上がりが。おまえんとこなんか、百年前にやっと協会入りが認められた新参の一族じゃないか。格でいけば、俺らの方が遥《はる》かに上だ。口出しするな」

「……はいはい」

年に似合わぬ傲慢《ごうまん》な言い草だが、櫛笥はひょいと肩を竦《すく》めただけで逆らわない。何故なら、煉の言葉は真実だからだ。西四辻家の歴史は古く、遡《さかのぼ》れば平安時代の帝《みかど》に仕えていた文献が残されている。陰陽道が表舞台で持て囃《はや》されていた時期、その裏側で同じように暗躍していたのが独自の流派を切り拓いた西四辻家だった。

「とにかく、皆さまはすでに契約書にサインをされたのです。しかも、実力は協会の折り紙付きだ。……櫛笥さま、先ほど〝一週間の拘束〟と仰《おっしゃ》いましたね？」

「え？　あ、ああ」

「そんなことはありませんよ。皆さまがさっさと除霊を済ませてしまえば、極端な話、半日で帰ることも充分に可能です。それでも、報酬は変わりません。要は、皆さま次第なのです」

「…………」

さも美味《おい》しい話であるように語られているが、この案件がそんなに簡単なものでないことはこの場の誰もが知っている。だからこそ、自分たちが選ばれたのだ。全員にそれだけの自負はあったし、事実これまでにも何度か厄介な案件をこなしてきた実績があった。

だが、と櫛笥はフロックコートの男の澄まし顔をさりげなく窺う。

同じ案件に複数の霊能力者が集うのは、そうあることではない。しかも、自分を含め煉や尊は協会内でも評価が高く、いわば一級の実力を誇っている。それなのに、フロックコートの男は憂いているのだ。三人ではまだ心許《こころもと》ない、と。

「しかし、実際のところ半日で片付けるのは難しいでしょう」

話が最初に戻り、またもやフロックコートの男が溜め息を漏らした。

「少なくとも、四人はメンバーが欲しいところです。協会にも、そのようにお伝えしたつもりなのですが……何か行き違いがあったのでしょう。先ほど連絡しましたが、先方はかなり皆さまの力を信頼しているらしく、三人でも充分すぎるくらいだと言われました」

「当たり前だろ。つか、ぶっちゃけ俺と尊だけで間に合うんだけど？」

「煉、またそんなことを……」

「だって、俺こいつ嫌いなんだよ。テレビだの講演会だのチャラチャラしてさ」

「ふぅん……煉くんは子どものくせに、ずいぶん頭が固いんだなぁ。僕は、これでも良き広告塔の役割を担っているつもりなんだけどね。おどろおどろしい呪術《じゆじゆつ》や祟《たた》り、迷信、盲信、詐欺や霊感商法——霊能力という言葉には、負のイメージばかりが付き纏《まと》う。僕は、そういうのを払拭《ふつしよく》したいんだ。それには……」

胡散臭げにこちらを見る煉へ、櫛笥はニヤリと意味ありげに笑い返す。

「僕のような男は、うってつけだろう？」

「おまえ……自分の容姿のこと言ってんのか。けっ、自信過剰のナルシストめ」

「可愛くないなぁ。実際、僕はメディア向きのルックスだと思うけどね」

何ら悪びれることのない態度に、煉は嫌悪も露《あら》わに顔をしかめた。メディア向きというなら尊の方が可愛いじゃないか、と言いかけて、急いで口を閉じる。尊は中性的な己の容姿をコンプレックスに思っており、褒められるとあからさまに落ち込んでしまうのだ。

「ま、その話はまたいつか。とにかく、依頼人はあともう一人メンバーが欲しいわけだ。それも、僕たちに匹敵する強い霊能力者を」

「無理に決まってんだろ。そう簡単に見つかってたまるか」

「でも……確かに四人いれば、最悪、陣を組むこともできるし……」

「おい、尊。滅多なこと言うなよ。陣を組むって、かなりきわどい状況だぞ」

「……ごめん」

慌てて首をひっこめ、尊が項垂れた。だが、フロックコートの男は「我が意を得たり」とばかりに仰々しく声をあげる。

「尊さまの仰る通りです。今回の案件は、非常に難しい。心強い味方は多いに越したことはありません。ですから、独断ではありますが新たに募集をかけました」

「募集？　今から？　でも、時間がないんじゃなかったのかよ」

「ええ、時間はありません。一週間以内に怨霊《おんりょう》の取り憑《つ》いた屋敷を除霊し、綺麗な状態でN建設に引き渡す。それには、もう一刻の猶予もない。ですが、ご心配には及びません。協会の所属ではありませんが、一人とても優秀な方に声をかけさせていただきました。明日には、その方も合流なさるはずです」

「協会の所属じゃない……？　一体どんな人？」

興味をそそられたのか、尊が珍しく自分から問いかけた。もちろん、協会に属する者だけが真の霊能力者と言うわけではない。群れるのが嫌いな者もいるし、能力は本物でも己の力を金儲《もう》けのためだけにしか使わないという人間は協会の方でふるい落としている。

だが、裏を返せばそういう連中はアウトローなわけで、共闘するには不適合な人材だ。同じ協会の者でも煉と櫛笥のようにウマが合わなかったりするのに、この上余所《よそ》者が入ってくるとなるとあまり楽観視はできなかった。

「大丈夫です。とても信頼できる方ですから」

不穏な空気が流れる中、フロックコートの男は懐中時計にさらりと視線を落とす。

「決して、皆さまの足を引っ張るような者は雇いません。さあ、それでは問題の屋敷へご案内いたしましょうか。表に車を回してあります。少し遠出になりますが、どうかご辛抱を」

「え、今何時なんだ？　部屋が薄暗くてよくわかんないぞ」

「目的地へ着く頃には酉の刻……ちょうど十八時頃になる予定です」

「――逢魔が時だ」

尊がポツリと呟き、全員が押し黙った。

だが、皆の心に浮かんだ言葉は恐らく同じだ。

「怨霊退治に出かけるには、お誂《あつら》え向きの時間だなぁ」

代表して、櫛笥が苦笑混じりに嘆息する。だが、フロックコートの男は何も答えず恭《うやうや》しく一礼すると、まるで役者が舞台から退くようにドアから外へ去って行った。

午後は休講だったので、立石と別れた清芽はカフェから真っ直ぐ帰途に着く。構内の本屋でアルバイト情報誌を買ったので、戻ってじっくり検討するためだ。今日はコンビニのシフトも入っていないし、運が良ければすぐ面接へ行けるかもしれない。

だが、ささやかな目論見《もくろみ》はアパートに到着するなり霧散してしまった。

「あ……」

「先日はどうも」

綺麗に巻き直した包帯の左手を上げ、凱斗が玄関の前に立っている。この間とは微妙にデザインが異なるが、やはり黒の上下に開襟シャツのスタイルは同じだった。霊感屋の制服なのかと真面目に訊いてみたくなったが、しかし今の清芽には無駄口を叩く余裕はない。それでなくても、友人たちから「関わり合いになるな」と忠告を受けたばかりなのだ。

「あの、えーと、二荒さん……でしたよね。何か御用ですか。俺、今日はちょっと」

あからさまに迷惑そうな素振りで、苦々しい笑みを浮かべてみせる。だが、危惧《きぐ》した通り意に介した様子もなく、凱斗は無遠慮に顔を近づけてきた。

「二荒……さん？」

「おまえ、バイトしないか？」

「バイト……え？　えええっ？」

一瞬、心を読まれたのかと動揺する。それくらい、凱斗の申し出はタイミングが良すぎた。お陰でますます胡散臭さに拍車がかかり、相手にしないに限ると即座に決める。

「せっかくですけど、バイトならコンビニがあるんで」

「あそこは、月末まで改装でもうすぐ閉店になるんだろう？　その間、どうするんだ？」

「どうして、そんなこと……」

部屋へ入ろうと鍵を取り出した手が、驚きの余り硬直した。ぞくりと背筋が寒くなり、やはり皆が言うようにヤバい人種だったんだ、といっきに後悔が溢れ出す。確かにバイト先のコンビニは間もなく閉店になる予定だが、部外者の彼がどうしてそんなことまで知っているのだろう。ストーキングでもされているのでは、と思うと、急に凱斗が怖くなってきた。

「生憎だが、俺はストーカーじゃない」

「だって……」

「来る途中で、張り紙を見たんだよ。〝お客様各位〟ってやつ」

鋭く顔色を読んで、ふてぶてしく凱斗は笑う。いつの間にかドアを背に追い詰められ、逃げられなくなっていた。

「あ、あの……近い……」

「は？」

「顔が近いです。その、人が見たら何かと思われるんで……」

「じゃあ、とりあえず部屋で詳しく話すか。そう悪いバイトでもないぞ」

「あっ、上がるんですか？」

冗談じゃない、と抗議の声を上げると、何が可笑《おか》しかったのか凱斗はくっくと笑い出す。清芽の狼狽した様子が、よほど面白かったのだろう。一方的に絡まれた挙句に笑われて、悪趣味な人だな、と段々恐怖より怒りが勝ってきた。

「帰ってください」

精一杯睨みつけながら、負けるものかと腹に力を入れる。できるだけ声が震えないよう努めた甲斐《かい》があったのか、凱斗は不意に笑うのを止めた。

「怒ったのか？」

「当たり前です。何なんですか、あんた。人のことバカにして。そもそも、俺はあんたの名前しか知らないんだぞ。どこに住んで何やってる人間かもわからないのに、バイトしないかって言われてホイホイのるわけないだろっ」

「へぇ……」

怒った勢いで敬語の取れた清芽を、相手は物珍しげな目で見返してくる。不躾《ぶしつけ》な視線でジロジロ眺め回され、とうとう堪忍袋の緒が切れた。相手にするのも嫌になり、清芽はくるりと背中を向けるとさっさと鍵を開けて部屋へ入ろうとする。だが、急いで閉めかけたドアをすんでのところで止められ、拒む間もなく凱斗の侵入を許してしまった。

「ちょ……あんたなぁっ」

カッときて声を荒らげたが、彼は一歩中へ入るなりピタリと動きを止める。何だ？　と奇妙に思った清芽は、彼の全身がひどく緊張していることに気づいて息を呑んだ。

「何……」

「盛り塩は？」

「は？」

「俺が置いていった盛り塩と清酒だよ。どうなった？」

「え、あ、え……？」

「もういい」

まるきり会話にならないことに業を煮やしたのか、一つ舌打ちをして凱斗が清芽を押し退ける。靴を脱ぐなり勝手に奥へ進んでいき、彼はベランダに出る窓の手前で足を止めた。

「………」

そこには、先日凱斗が供えていった盛り塩と清酒の入ったコップが置いてあった。気休めだと思いつつ、邪魔にもならないので放置しておいたのだ。彼は呆然《ほうぜん》とそれらを見下ろし、やがて険しい顔つきでギリ、と唇を噛んだ。

「何なんだよ、あんた……」

後から追いかけた清芽は、あまりに傍若無人《ぼうじやくぶじん》な振る舞いに唖然とするばかりだ。いい加減にしろよ、と文句を言おうとした瞬間、不意に凱斗がコップを手に取った。

「う……」

清酒を口に含むや否や、その顔が嫌悪に歪む。彼はただならぬ表情で台所へ向かうと、そのまま清酒をぺっとシンクへ吐き出した。

「くそ、ダメだったか」

荒く息を吐き出しながら忌々《いまいま》しげに呟く姿は、尋常でない事態を物語っている。清酒を吐き出したということは、たった二、三日で飲めないほど味が変わってしまったのだ。夏場でもあるまいし、一体何が起きたというのだろう。

「あんたさ、さっきから何を」

「おまえ、気づかなかったのか？」

え、と訊き返そうとして、相手の視線が盛り塩へ向けられているのに気づいた。咄嗟《とっさ》に嫌な予感が胸をよぎり「見ない方がいい」と本能が警鐘を鳴らす。だが、どうしても自分の目で確かめずにはいられなかった。

「………」

そろそろと、息を詰めて盛り塩へ近づいてみる。

今朝まで特に注意を払っていなかったが、何か異変が起きているのは明らかだった。付き纏う違和感の正体を求め、清芽は勇気を振り絞る。そうして目に飛び込んできたのは——真ん中から二つに裂けた盛り塩だった。

「どう……して……」

「清酒の状態から考えると、俺が帰ってすぐだろうな。今日まで気づかなかったのは、おまえの呑気さが幸いしたんだろう」

「俺、全然……」

「いや、いい。むしろ、気づかなくて良かったんだ」

気づかなくて良かった——？

己の鈍さに落ち込みかけた時、意外な言葉が凱斗から発せられる。そんな風に言われるとは思わなかったので、清芽はポカンと彼を見返した。

「いいんだ、それで正解だ。過敏な反応は、霊を喜ばせるだけだからな」

「で……も……」

「それに、もうアレの気配は消えてる。結果オーライだろ」

励まそうとしてくれたのか、続いてポンポンと軽く頭を叩かれる。馴れ馴れしい仕草に普段なら引くところだが、今だけは素直に受け入れることができた。

「俺が、何をしている人間か知りたいか？」

「え……？」

囁《ささや》くように、凱斗が言った。

警戒心や猜疑心を飛び越えて、清芽はおずおずと頷く。同時に、彼がどうして自分へ関わろうとしているのか、その理由も教えてほしかった。

「あんた、やっぱり普通の人じゃないよな。祓い屋とかなんだろ？」

「知りたかったら、俺の手伝いをしろ。そうすれば嫌でもわかる」

「手伝いって、さっき言ってたバイトの？　でも、俺には霊感なんかないし……」

「そんなの、どうとでも取り繕ってやる。名目は……そうだな、アシスタントってところか。期間は一週間。報酬はギャラの一部で百万。どうだ、その気になったか？」

「ひゃ……っ」

あっさり言うが、清芽にとっては目の眩《くら》むような大金だ。そんな金額をポンと払うなんて、どんな案件か考えるだけで恐ろしい。そもそも、テレビ用でもない限りアシスタントが必要なほど大掛かりな仕事などそうそうあるものじゃない。

「だけど、どうして俺を……」

「理由は二つある。一つは、おまえが俺の怪我を悪化させたこと。この左手じゃ、何かと不自由なんだよ。その責任は、取ってもらいたい」

「そんな……」

「それと、もう一つ。おまえは葉室家の人間だ。『御影神社』ってのは、霊能力者の間じゃそれなりに名前が通っている。この間言ったように、おまえの弟のこともあるしな。そこの長男が同伴となれば、俺の方にも箔《はく》がつく」

「……ずいぶん俗っぽい理由だな」

構えていた分、がくりとさせられた。しかし、凱斗は澄ましたまま「どうだ」と言わんばかりに返事を待っている。無言の圧力を感じ、清芽はしばし考えた。

立石への弁償を思えば、まとまった金が入るのは有り難い。しかも、たった一週間だ。その間は大学を休まなくてはならないが、次のバイトを探すまでの生活費にもなる。

(不安材料は、こいつを信用できるかどうかだけど……)

そこが、一番肝心なところだ。危機感を持てと友人たちに言われている通り、ここは慎重にいかねばならない。美味《うま》い話には落とし穴があるのが相場だし、第一「箔をつける」なんてふざけた理由で、本当に百万もの大金を払う奴なんているのだろうか。

(全然わかんないな。駄菓子のチョコ、持ち歩いているような人だしなぁ)

いい加減決めかねていると、とうとう凱斗が盛大な溜め息をついた。

「わかった。おまえの信用、金で買ってやる」

「は？」

「俺のキャッシュカードだ。今から近くのＡＴＭへ行って、口座から百万引き出してこいよ。ギャラは、全額前払いで振り込まれているんだ」

「ちょ、ちょっと、いきなり言われても！」

目の前にカードを突きつけられ、清芽は呆れ返って数歩下がる。だが、凱斗が真剣なのは疑いの余地がなかった。そこまでこだわるからには、彼にとって『御影神社』の名前は相当に価値があるのだろう。

「……アシスタントって、何をすればいいんだよ」

成るようになれ、と半ば自棄になり、とうとう清芽は折れた。もし凱斗に他の目的があったとしても、その時はその時だ。常に自分がそうしてきたように「信用できる相手と、そうでない相手」を直感で判断するなら、凱斗を信じてみよう、と思った。

「本当に、俺はただの大学生だからな。弟とは違うからな」

「ああ、構わない。言っただろう、おまえはおまえだって」

「そ……そんならいいけど」

真顔で改まって言われると、何だかひどく恥ずかしい。さっさとバイトの内容を話せ、と詰めよると、凱斗はニヤリと思わせぶりに笑った。

「怨霊退治だよ」

「……え？」

一瞬、我が耳を疑い、もう一度ゆっくりと問い返す。

「今……えーと、おんりょうって聞こえたんだけど」

「そうだ。ある屋敷に一週間泊まり込んで、そこに取り憑いた怨霊を除霊する」

「……マジで？」

みるみる顔が強張っていく清芽を、愉快そうにねめつけながら凱斗が言った。

「気をつけろよ。ベランダの比じゃないくらい、霊がウジャウジャいるぞ」

2

都心から運転手付きの黒塗りのバンに乗せられ、走ること二時間。

凱斗《かいと》のアシスタントを了承した翌日の午後には、清芽《せいが》は有名な避暑地に降り立っていた。少し歩けば瀟洒《しょうしゃ》な別荘が立ち並び、街の中心部には観光客や期間限定のショップが賑《にぎ》わいをみせている。気温も東京《とうきょう》に比べて二、三度は低く、一足早く冬が訪れているようだ。

だが、メイン通りを外れて白い木肌の雑木林を抜けた途端、様相は一変した。

私有地なのか、人の姿どころか他の家屋敷さえ見当たらない。周囲を鬱蒼《うっそう》とした木々に囲まれて、いかにもな古い洋館がポツンと建っているだけだ。ルーフ付きの正面玄関を中心に左右対称の煉瓦《れんが》造りで、最低限の手入れはされているものの長年人が住んでいないらしく荒《すさ》んだ雰囲気は拭《ぬぐ》えなかった。

「これが……化け物屋敷……」

「怖いか？」

ゴクリと生唾《なまつば》を飲んだ清芽に、凱斗から冷やかしの声がかかる。だが、清芽の中に恐怖はなかった。何しろ「視《み》えない」し「感じない」のだから、怖がりようがない。その代わり、霊感のない自分がここで何ができるのか、そちらの方が大いに不安だった。

「ようこそ、おいでくださいました。二荒《ふたら》凱斗さま」

両開きの重厚な扉が開き、妙に時代錯誤な恰好《かっこう》の男が屋敷から現れる。今どき黒のフロックコートに身を包んだ姿は、まるでクラシックなイギリス映画にでも出てきそうだ。年齢はさほどいってはいないようだが、一種独特な佇《たたず》まいのせいか正確なところは予想がつかず、一層掴《つか》みどころのない印象を与える。青白い肌は不健康に映ったが、本人の表情や仕草はむしろきびきびとしており、清芽は初《しょ》っ端《ぱな》から雰囲気に呑《の》まれそうになった。

「おい」

「え……あ」

様子を察した二荒が、小声で隣から脇を突いてくる。いけない、と慌てて気を引き締め、ぎこちなく笑顔を作ってみた。

「あ、あの、俺はアシスタントの葉室《はむろ》と言います。えっと……」

「私のことは、ジンとお呼びください。まぁ、便宜上の名前ですが」

「は？」

意味不明の返答に戸惑いつつ、手袋をした右手をおずおずと握り返す。ジンはにこやかな笑みのまま、両手を上着のポケットに突っこんで立っている二荒へ視線を移した。

「こちらが、お話にあった葉室家の？」

「ああ。『御影《みかげ》神社』の直系だ。少しは役に立つだろ」

「よ……よろしく」

なるべくぎこちなくならないよう、努力して笑顔をキープする。だが、内心は慣れない嘘に心臓がバクバクと音をたてていた。何しろ、霊感など欠片《かけら》もないのに「葉室家の長男」でござい、といかにもな態度を取らねばならないのだ。

『実際の除霊は俺がやる。けど、アシスタントのおまえがまったくの素人だとバレたら箔付《はくづ》けにならないからな。できるだけボロを出すなよ？』

凱斗の要求はムチャクチャだったが、それに見合うだけのバイト代は貰《もら》っている。仕方なく承知したものの、霊感のある振りをするなんてひどく惨《みじ》めな気分だった。

「そんなに固くならなくていい」

カチコチに表情を強張《こわば》らせた清芽に、そっと凱斗が耳打ちをする。

「心配するな。おまえには、俺が力を貸してやる」

「え？」

どういう意味だろう、と思ったが、尋ねる前にフイと彼は離れていった。今はジンの目もあるし、これ以上の追及は難しそうだ。

「お話はお済みでしょうか。それでは、どうぞ中へ。皆さま、お待ちになっております」

「皆さま？」

「はい。今回の依頼は少々厄介なものでして、一人二人では太刀打ちできないと私の主人が案じまして。凱斗さまを入れて全部で四人、名だたる霊能力者の方々をお呼びしております」

「よっ四人もですか？」

「葉室様を数に入れるなら、五人になりますね」

そんな話は聞いてない、と横目で凱斗を睨《にら》んだが、ものの見事に無視される。最初からこんな調子では、まだまだ知らされていない事実は多そうだと溜《た》め息《いき》が出た。凱斗だけでも得体が知れないのに、他に三人も『お仲間』がいるのだ。

「何だよ、浮かない顔して。ひょっとして腹が減ってんのか？　チョコやろうか？」

「いらないよ」

ガキ扱いするな、と邪険に断ると、先を歩いていたジンがくすくす笑いながら言った。

「夕食は七時ですので、今しばらくご辛抱を。食事や身の回りの世話は、通いの家政婦が面倒をみますからご心配には及びません。ああ、それから携帯電話は場所によって電波が通じませんのでご注意ください。どうも、磁場の乱れが敷地内のあちこちに生じているようで」

「え……本当ですか」

「まったくダメというわけではないのですが、通じたり通じなかったり……ですね」

世間話のように軽く流されたが、携帯電話が当てにならないのは予想外だった。しかも「磁場の乱れ」って何だよ、と心の中で毒づく。昔から霊と電磁波の関係はオカルト研究者の論争の的で、要するにまったく無関係とは言えない。霊が電磁波を発するという考えの他、人間の脳に電磁波が影響を与えて幻覚（幽霊）を見せるという説もあるのだ。

「断言できるのは、携帯に頼るなってことだけだな」

やれやれと苦笑し、凱斗がボソリと呟《つぶや》いた。

「いいか。できるだけ、俺の側にいろ。おまえ一人だと、危なっかしい」

「……わかってるよ」

「本当にわかってんのか？　ここから先、俺たちはコンビになるんだぞ？」

昨日今日知り合ったばかりなのに、と思うと変な気がしたが、とりあえず清芽はこくんと頷《うなず》く。どちらにせよ、これからの一週間は凱斗に頼るしかなさそうだ。

「こちらです。どうぞ、お入りください」

想像していたより中は綺麗《きれい》で、とても長年無人だったとは思えない。促されるまま土足で玄関ホールを突っ切ると、右へ曲がった一番奥に重厚な作りの扉が見えてきた。両開きの縁にはアールデコ調の装飾が施され、かつての持ち主が裕福だったことを思わせる。

「皆さまをお招きするにあたって、簡単ではありますが内部の掃除と水回りを使えるようにしておきました。電気も通っていますし、寝具などは新品を揃《そろ》えてあります」

扉の前に立ち、ジンが説明を始めた。

「使える部屋は限られますが、滞在は一週間ですからご不自由はないかと」

「へぇ。何だかホテルみたいですね。怨霊《おんりょう》がどうとかいうから、もっと荒れてるかと……」

「内装の手入れ中、ハウスクリーニングの人間が三名、原因不明の怪我《けが》を負いました。他、一命が高熱を出して入院、もう一名はノイローゼになって田舎へ帰ったそうです」

「…………」

能天気な清芽のセリフを容赦なくぶった切り、彼は悪びれずにニコリと微笑《ほほえ》む。そうして一度ノックをすると、くるりとこちらへ向き直って深々と頭を下げた。

「おまえが開けろってさ」

くっくと笑って、凱斗が囁《ささや》く。

いよいよだ。

ゴクリと生唾を呑み込み、清芽はガラス製のドアノブに手をかけた。この扉の向こうには、すでに集められている同業者たちがいる。はたして、どんな連中なのだろうか。考えると急に恐ろしくなり、指が微《かす》かに震え出した。

――と。

「なっ、何するんだよ……ッ」

「怯《おび》えなくていい。ほら、これで震えは止まっただろう」

不意に凱斗の息がこめかみにかかり、清芽は焦りと羞恥《しゅうち》で赤くなる。背中から回された右手がふわりと清芽の右手に重なって、しっかりと握りしめられた。

「よし、大丈夫だな。——行け」

「……うん」

そっと凱斗の手が外され、重なっていた体温が遠くなる。深く息を吐いて背筋を正し、清芽はできるだけ冷静な口調で「失礼します」と声をかけた。

そのままドアノブを回して、思い切り扉を引く。

僅《わず》かな軋《きし》みが耳をなぶり、後戻りのできない一週間が始まった。


扉の向こうは、広い応接室だった。

くすんだ板張りの床には毛羽立った赤の絨毯《じゅうたん》が敷かれ、中央に年代ものの樫《かし》材のテーブル、その周囲には三人掛けの革の長椅子《いす》が二つと一人掛けの椅子が一つ置かれている。かつては暖《だん》炉《ろ》も使用されていたらしく、煉瓦の周囲には煤《すす》がこびりついていた。

(ジンさんが言った通り、本当に必要最低限な掃除だけしたんだな)

皆で使用できそうな家具はともかく、天井から下がるクリスタルのシャンデリアは埃《ほこり》だらけで照明までくすんで見えるし、壁紙はところどころ破れ、飾られている油彩の絵画たちも修復が必要なほど汚れている。凝った細工の本棚は扉の磨り硝子《すガラス》にひびが入り、サイドボードの陶器製の置時計は短針が無くなっていた。荒れ果てた庭に面した六連の窓に至っては、あまりに汚れと曇りがひどくて景色が抽象画のようにしか見えないほどだ。

「あんたらが四人目？　つか、二人組なんだ？」

長椅子から、つっけんどんな声がした。座っているのは少年で、強い目力と整った凛々《りり》しい顔立ちをしている。だが、怪我でもしたのか左目には白い眼帯をつけていた。

「煉《れん》、初対面の人に向かって〝あんた〟なんて失礼だよ」

彼の隣で、同じ年頃の少年が小さく窘《たしな》める。対照的に、こちらは美少女めいた優しい面立ちをしていた。先に声を聴かなかったら、うっかり女の子だと思ったかもしれない。彼もやはり怪我をしており、額を切ったのか頭に包帯を巻いていた。

「あの、ごめんなさい。僕たち、西四辻《にしよつつじ》家の者です。僕が尊《たける》でこっちが煉です」

「俺は……」

「何、あんた。もしかして、俺たちのこと知らねぇの？」

ピンとこない素振りで名乗ろうとしたら、すぐさま煉の方が突っかかってくる。どう見ても中学生くらいなのに、年上に向かってずいぶん横柄な物言いだ。背もたれに両腕を広げ、ふんぞり返ってねめつける様は、まるで小さなヤクザのようだった。

「いくら協会に属してないからって、この業界で生きてるなら西四辻の巫覡《ふげき》くらい耳にしたことあるだろうが。それとも、今日が除霊デビュー？　ぴかぴかの新人ってこと？」

「いや、そういうわけじゃ」

「――知っているさ、西四辻煉」

たちまちしどろもどろになる清芽の横で、凱斗が飄々《ひょうひょう》と答える。彼は教科書を諳《そら》んじるように、何の感情も交えず淡々と先を続けた。

「土御門《つちみかど》家と勢力を二分した、裏の陰陽道と呼ばれる西四辻家。その末裔《まつえい》の二人だろう。年端もゆかない頃から高い霊能力を発揮し、一族の間では先祖返りと呼ばれている。本家の尊は霊媒で召鬼《しょうき》を得意とし、分家の煉が降りた霊を祓《はら》う。だが、互いに相手の能力は有しておらず、おまえたちは常に二人一組で仕事に当たっている」

「よく勉強してるじゃん」

完璧《かんぺき》な情報に鼻白んだ様子で、煉がフンとそっぽを向く。対して尊は感嘆に瞳を輝かせ、指を組んで「凄《すご》い！」と呟いた。

「どこのどなたか知りませんが、一族の間の呼び名までご存知なんてびっくりです！」

「どういたしまして」

「……なぁ、〝召鬼〟って何だ？」

一人蚊帳《かや》の外状態の清芽が、声を落としてこっそり尋ねる。凱斗は目線をちらりとこちらへ流すと、「死霊だ」と事も無げに言った。

「し、死霊って、死んだ人？」

「普通はそうだな。まぁ、彼らくらいの年齢で憑依《ひょうい》させるのは珍しいが。体力をかなり持って

いかれるから、本当は大人がやるに越したことはない。けど、西四辻尊は可憐《かれん》な外見に似合わず、召鬼の術では抜きん出た実力を誇っている」

「…………」

「尊が凄いのは、憑依させるだけでなく自身が霊と対話できる点だ。意識まで乗っ取られることがないから、より安全な霊媒ができる。だから、彼は現代でもっとも優秀な霊媒師と言われているんだよ」

無邪気に微笑む幼い容姿と説明のギャップが激しすぎて、清芽は思わず絶句する。凱斗は続けて、先ほどからやたら横柄な煉の方へ視線を移した。

「あの勝ち気で傲慢《ごうまん》な瞳を見ろ。力で霊を屈服させる、稀代《きたい》の祓い師ってところだな」

「祓い師……って、あの子が？」

「尊の従兄弟《いとこ》、西四辻煉だ。彼もまだ少年だが、除霊や邪鬼祓いに関しては一流の腕がある。普通はそれなりの修行を積むもんだが、あれは異能と呼んでもいいな。その代わり、天才にありがちな扱い難さでも有名だ。あいつは、尊の言うことしか聞かない」

「……そんな感じだね」

恐ろしく気が強そうなのに、尊の前では耳の折れた犬みたいだ、と清芽も思う。彼の言葉の端々から西四辻家の自負が滲《にじ》んでいるので、本家の尊には無条件に弱いのだろう。

（どこから見ても、普通の男の子なのになぁ）

ずっと死者の世界と関わりながら生きてきた点は、自分や明良《あきら》と同じだ。だが、彼らの表情には翳《かげ》りがなく、むしろ誇らしげでさえあった。

（この子たちにも、霊を怖がって泣いた過去とかあるのかな。明良みたいに闇に怯えて、霊にからかわれたり脅《おど》されたり、そんな苦労をしてきたんだろうか）

成長した今では明良もすっかり落ち着いているが、傍でずっと見守ってきた清芽にはまだ昨日のことのように泣き顔が思い出される。自分が視えない、聴こえない分、全てを弟が背負っているのだと思うと、羨望《せんぼう》と同時に申し訳なさを感じたりもしたものだ。

「どうした、ボンヤリして」

うっかり回想に浸りかけた清芽を、凱斗の声が現実へ引き戻す。いけない、と慌てて返事をしようとした時、背後に人の立つ気配がした——刹那《せつな》。

「魑魅魍魎《ちみもうりょう》の城へ、よ・う・こ・そ」

「わぁっ！」

ふぅっと耳に息を吹きかけられ、ぞくぞくぞくっと怖気《おぞけ》が走る。弾みで凱斗の腕にしがみついた清芽に、その場の全員がたちまち白けた目つきになった。

「お化け屋敷のカップルかよ」

けっ、と呆《あき》れ声で煉が毒づき、凱斗が「……バカ」と小声で叱《しか》ってくる。一体誰なんだ、と非難の目で振り返ると、すぐ後ろに見覚えのある青年がニコニコと立っていた。

「本気で驚かせちゃった？　マジで？　もしかして、僕のこと怨霊だと思ったの？」

「そ……そういうわけじゃ……ない……ですけど」

「だよねぇ。こんな美形の怨霊、いるわけないからね」

薄く色のついた眼鏡《めがね》をかけ、声の主は愛想よく微笑みかけてくる。

肩までの茶髪、華やかな雰囲気。そして何より――俳優のように端麗な容姿だ。凱斗より僅かに身長は低いが、それでも充分にスタイルもいい。現代的でシャープな美貌《びぼう》に相応《ふさわ》しい、低く気だるげな声も耳触りが良かった。

「どこかで……」

誰だっけ、と記憶の糸を手繰り寄せていると、本人より先に凱斗が口を開く。

「おまえ、知らないのか。櫛笥早月《くしげさつき》だ。ここ一、二年よくテレビに出ている」

「櫛笥……早月……」

「そうそう！　軽薄チャラ男の霊能力者としてな」

「煉！　だから、そういう言い方はダメだよ！」

続けて煉が意地の悪い茶々を入れ、尊が狼狽《ろうばい》しながら叱りつけた。だが、当の櫛笥は特に気に障った風もなく、面食らう清芽へ顔を近づける。

「はじめまして、櫛笥です」

「あ……一回五十万の」

「へ？」

思わずポロリと口にしたのは、カフェでの友人たちの会話を思い出したからだ。その途端、煉が腹を抱えて爆笑し、さすがの櫛笥も微笑を凍りつかせた。

「まいったなぁ。それは、週刊誌が勝手に書いた記事だよ。僕は自分から金額を提示したりしないし、そもそも霊視が一番得意なわけじゃない。余程でなければ引き受けないよ」

「え、そうなんですか？」

「人には得手不得手があるからね。僕の専門は……まぁいいか、すぐにわかるし」

「専門とか、よく言うぜ。昨日だって失敗したじゃねぇか」

ピタリと笑うのを止めて、またしても煉が毒を吐く。一瞬、二人の間に冷たい緊張が走り、室内の温度が数度下がった気がした。しかし、子ども相手にムキになる自分を恥じたのか、すぐに櫛笥が笑みを取り戻す。

「まぁ、名うての天才祓い師も歯が立たなかったくらいだし？　お陰で皆して吹っ飛ばされてさんざんだったけど、それも仕方がないよねぇ」

「てめぇ、櫛笥！　もういっぺん言ってみろ！」

当てこすられた煉が激怒し、長椅子から立ち上がる。その左腕に尊がひしっとしがみつき、飛びかかろうとするのを懸命に押し留めた。挑発した櫛笥は愉快そうに笑いながら、くるりと彼らに背中を向けて距離を取る。そこで、清芽は（あれ？）と目を細めた。

（もしかして、この人も怪我……してる？）

ほんの僅かだが、櫛笥は右足を引き摺《ず》っている。彼もまた、西四辻の二人同様に怪我をしているようだ。先ほどのセリフから察するに、どうやら三人は同じ相手にやられたらしい。

（それって……——）

名うての天才祓い師も歯が立たなかった。

そう、櫛笥は言っていた。つまり、自分たちが集められた目的——祓うべき屋敷の悪霊は、それほどに強力な存在だということだ。そういえば、ジンも「少々厄介」「一人二人では太刀打ちできない」と話していたではないか。

（もしかして、俺……本当に場違いなところへ来たんじゃないのか。この依頼は、俺が知っているような除霊とは全然違う。第一、これだけの人数を集めて歯が立たないって……）

初めて、本当の意味で「怖い」と思った。

こんな風に攻撃的な霊など、清芽は聞いたことがない。まして、実際に生者に怪我をさせるなんて相当な力がないと不可能だ。どんなに負のエネルギーが強くても、所詮《しょせん》生きている人間に敵《かな》うものではないと、父親も明良もよく言っていた。一番怖いのは人間なんだと。

「お待たせして申し訳ありません。二荒さまたちの部屋、お支度が整いました」

客人を放置して消えていたジンが、扉を開けて恭《うやうや》しく入ってくる。室内の空気は明らかに重く澱《よど》んでいたが、彼は意に介した風もなく先を続けた。

「順番が逆になりましたが、ご紹介いたしましょう。皆さま、こちらが二荒凱斗さまと葉室清芽さまです。私どもが独自にスカウトし、急ではありますが依頼をご快諾いただきました」

「独自のスカウト……ね。つまり、二人とも協会とは無関係なんだ。フリーってやつ？」

「うわ、勘弁しろよ。フリーって一番性質《たち》が悪いじゃねぇか。ハイエナみたいに霊障のある場所を嗅《か》ぎ付けてきちゃ、俺たちの仕事に茶々入れたり横取りしようとしたりさ。俺、嫌い」

「櫛笥さんも煉も、お二人に失礼だよ。口を慎まなくちゃ」

言いたい放題な二人に比べれば、尊の態度はまだ普通だ。けれど、その目にはやはり隠しきれない不信感が浮かんでいた。だが、（それも無理はないか）と清芽は嘆息する。自分は偽物霊能者だし、凱斗の正体は依然として不明瞭な部分が多い。滲み出る胡散臭《うさんくさ》さというものを、彼らは独特の鋭い嗅覚《きゅうかく》で感じ取っているのかもしれなかった。

「そうそう、お伝えするのを失念しておりました」

わざとらしく声の調子を上げ、ジンが勿体《もったい》ぶって一拍の間を置く。

皆が「何だ？」と興味をそそられた時を狙《ねら》い、彼は再び口を開いた。

「葉室さまは、九代続いた『御影神社』の宮司《ぐうじ》直系の御血筋です。今回は二荒さまのお知り合いということで特別にお越しいただきましたが、除霊には理想的なお方と言えましょう」

「御影って、もしかしてY県の……」

その瞬間、驚いたことに空気が変わる。

全員が表情を引き締め、清芽たちを見る目までが明らかに変わっていた。内心、ここまで過剰に反応することかと大いに困惑する。確かに歴史は古いが、社殿もボロくて小さいし実に質素な神社なのだ。代々霊力の強い人間を生み出すこと以外、目立った活躍の記録もない。

「ふぅん、そっか。お兄さん、御影の人か」

あからさまに対抗意識を燃やして、煉がニヤリと笑った。

「俺、知ってるよ。破邪の霊力を宿した刀剣を、御神体にしているって神社だろ。天御影命《あめのみかげのみこと》が鍛えたっていう伝説のさ。けど、あんたんとこアンタッチャブルじゃなかったの。今まで、こういった表向きの仕事には一切関わってこなかったよね？」

「煉、やめなってば。葉室さんに絡んでどうするんだよ」

「そうそう。嫉妬《しっと》はみっともないよ、煉くん」

尊に加勢してやんわり割って入ったのは、櫛笥だ。彼はグラビアのような笑顔を浮かべ、一方的な敵意にびっくりしている清芽へ向き直った。

「悪いね、葉室くん。ほら、破邪の刀剣なんて聞くとさ、ちょっとアニメみたいだろ。中学生男子がそわそわするようなお宝だから、羨《うらや》ましくて煉くんもムキになっちゃったんだよ」

「櫛笥！　てめ、勝手に俺を中二病にすんな！」

「でも、確かにカッコいいよね……」

ほわわん、と尊が目元を赤らめ、憧憬《どうけい》の眼差しでこちらを見る。

「葉室さんは、御神体を拝見したことはあるんですか？」

「い、いや、ないよ。あれは門外不出の宝剣で、代々の宮司だけが見ることを許されているから。年に一度、神具検《あらた》めの日があって、その時に取り出すくらいで……」

「じゃあ、いずれは葉室さんも実物を手にすることができますね」

「え……」

無邪気にそう言われて、思わず言葉を失った。十代目は明良が継ぐことになっており、自分は葉室家の長子でありながら御神体を一目見る権利さえないからだ。

「い、いや、俺は……」

「葉室さん……？」

何かまずいことでも言っただろうかと、尊が不安そうに首を傾《かし》げる。くそ、と情けなさに唇を嚙《か》んだ直後、目の前にいきなり見覚えのある箱が差し出された。全面に描かれたピンクのイチゴ。あのチョコだ。

「――上着のポケットに入ってた」

「え……え？」

「やる。おまえ、好きだろ？」

見上げた視線の先で、凱斗がニヤリと微笑んだ。先日とは違って未開封なのに気づき、わざわざ買ったのかよ、と清芽は呆気《あっけ》に取られる。遠足じゃないんだぞ、と心の中でツッコんだ直後に何だか無性に可笑《おか》しくなってきた。

「あんた、少しは空気読めよ」

「笑いながら言われてもな」

「大体、俺、好きだなんて一言も言ってないし」

文句を言いつつも、無粋な横槍《よこやり》に感謝する。下手をしたら、あのまま落ち込んでしまうところだった。それに、今はともかく幼い頃は確かにこのチョコが大好きだったのだ。

「はいはい、悪いけど二人の世界はそこまでにしとこうか。とにかく一度解散しよう。葉室くんたちも、荷物を解いて休んだらどう？　どうせ、本番はこれからなんだから」

「本番……？」

ふざけた口調で割り込んできた櫛笥に、凱斗が軽く眉《まゆ》をひそめた。ジンがくすりと苦笑し、のんびりと欠伸《あくび》を嚙み殺す。まるで怠惰《たいだ》な猫のようだ。ちら、と清芽が煉と尊に視線を走らせると、二人はしっかり手を繋《つな》ぎ、何かに備えるように厳しい顔つきをしていた。

「あの、櫛笥さん。それはどういう……」

「あいつは、闇に乗じて悪さをするんだ。昨日もそうだった。一度始まると手に負えないよ」

そう言いながら、櫛笥は忌々《いまいま》しげに己の右足を擦《こす》る。

「葉室くんも、気をつけた方がいい。あいつはかなり凶暴で……」

「………」

「一片の救いもなく絶望している」

絶望。

その言葉の持つ意味を、清芽は芯《しん》の凍《こご》える思いで反芻《はんすう》した。

底のない闇に呑み込まれた何かが、この屋敷を徘徊《はいかい》している。尽きぬ憎悪を垂れ流し、他者の痛みと絶叫を食らっては肥え続ける。永遠に終わりのない、絶望のループだ。

「あんたたちは……もう会ったんだ……よな」

清芽の問いかけに、櫛笥たちは無言の肯定を返す。だが、彼らの目は雄弁に語っていた。

ああ、会ったさ。嫌と言うほどに。

まったく、あんなのは……。

あんなのは初めてだ――。

「さぁ、葉室さまと二荒さま。お部屋へご案内いたしましょう」

ジンの軽やかさが急激に嘘くさく思え、テーマパークの案内人のようだ、と思う。

行くぞ、と凱斗に肩を叩《たた》かれ、清芽はのろのろと応接室を後にした。

3

通されたのは二階のこぢんまりとした部屋で、二つのシングルベッドと鏡のついたワードローブ、円形の小さいガラステーブルに一人掛けのソファが置いてあるだけだった。家具はいずれも新品だったが、急ごしらえを窺《うかが》わせる味気なさだ。他の連中の部屋も同じ並びにあり、何だか寮生活でも始めるような気がした。

「申し訳ありません。二荒《ふたら》さまが、どうしても葉室《はむろ》さまと同室でと仰《おつしや》いまして」

ジンの言葉に、しかし清芽は逆に助かったと安堵《あんど》する。とにかく、この場所で頼れる相手は凱斗《かいと》しかいないのだ。不本意ではあるが、一人にされるのは非常に心細かった。

「なぁ。あんた、どっちのベッドに寝る？　壁際？　窓際？」

「……女と男、どっちがいい？」

「は？　意味がわからないんだけど」

唐突な問い返しに清芽が首をひねると、凱斗は薄く細めていた瞳を開いて言った。

「窓際なら黒焦げの男、壁際なら長い髪の女。それぞれベッドの傍《かたわ》らに立って、こっちを見てる。大した悪さはしそうにないが、いるのといないのじゃ大きな違いだからな」

「何で、そういうこと言うんだよっ」

黙っていてくれれば知らずに済んだのに、と恨めしく彼を睨みつける。いくら「視えない」「感じない」からといって、「いる」と言われたらいい気はしない。

結局、悩みに悩んだ末に壁際を選ぶことにした。窓際の男は黒焦げだと凱斗が言ったので、さすがに遠慮したかったのだ。とはいえ、幸いにも生まれてこの方、霊から悪さを仕掛けられたり恐ろしい思いをした経験はないので、多分今度も大丈夫だろうと思うことにした。

「さっきのチョコ、本当に貰っちゃっていいのかよ」

大した荷物もないのでさっさと片付け、清芽はベッドに腰掛ける。何だかひどく疲れたので、無性に甘いものが欲しかった。ああ、と凱斗が頷いたのでパッケージを破り、転がり出た粒を二、三個いっきに口へ放り込む。

「何だか懐かしいな。この間も思ったけど、あんまり味が変わってなくてびっくりした」

「美味《うま》いか?」

「うん。俺、本当にガキの頃は大好きだったんだよ。お小遣い貰うと、明良《あきら》を連れてよく近所の雑貨屋まで買いに行った。田舎だからさ、あんまりお菓子の種類もなくて、でもこれだけは絶対おばちゃんが仕入れておいてくれて」

「……そうか」

「あんたは、何で持ち歩いてたんだ？　やっぱり懐かしくて？」

「俺は……」

清芽の言葉に、凱斗は何かを言いかけた。

だが、途中で気が変わったらしい。ふっと小さく息をつくと、清芽の隣へゆっくりと腰を下ろしてきた。その横顔は憂いに縁取られ、どこか遠いところを見ているようだ。

「二荒さん……？」

「俺は、おまえが好きなんじゃないかと」

「えっ」

一瞬、意味を取り違え、バッと顔が熱くなる。すぐにチョコのことだと気づいたが、あんまり狼狽したので赤くなった顔をばっちり凱斗に見られてしまった。

「え、あ、ち、違うっ。な、何か別の意味に取っちゃって」

「別の意味……」

「わかってる！　ごめん、一瞬だから！」

全力で釈明したい気持ちにかられたが、男相手に何を動揺しているんだと、新たにツッコまれたら弁明できない。ここはひとまず退散しようと、清芽はおもむろに立ち上がった。

「おい、どこ行くんだ？　あんまり一人で出歩くなと言っただろう。いいから、座れ」

「………」

「す・わ・れ」

言葉だけじゃ埒《らち》が明かないと思ったのか、強引に手首を掴まれる。びくっと反射的に身を固くすると、凱斗の目がふっと優しくなった。まるで、誤解したままでも良かったのに、と言われているようで、清芽の心臓は勝手に鼓動を速めていく。

「わ、わかったよ。座るよ、座るから……」

「ん？」

「……手、離して」

おずおずと切り出すと、意地悪そうに凱斗が笑んだ。

「嫌だね」

「な……ッ」

「……て言うのは嘘だけどな。ほら、戻ってこい」

彼がパッと掴んでいた手を離し、ホッとすると同時に僅かな物足りなさを感じる。懸命に何食わぬ顔を装ってみたものの、鼓動はなかなか鎮まってくれなかった。

「おまえが一人で騒いでる間に、霊の奴らもどこかへ消えていったぞ」

「ホント？」

「何か、エロいことでも考えていたんじゃないのか？　色情霊を別にすれば、大概の霊はエロが苦手なんだ。ある意味、生に執着した行為だし、生者の感情が剝《む》き出しになるからな」

「考えてないよっ！」

冗談じゃない、と強く否定すると、凱斗は「ふぅん」と意味深に呟いた。何だか弱みを握られたようで、一生の不覚だと清芽は臍《ほぞ》を噛む。だが、次に凱斗が口にしたのはからかいの言葉ではなく、まったく別のことだった。

「協会って聞いたことがあるか？」

「教会？」

「協会。会員が維持する団体の方だ。正しい名称は『日本呪術《じゆじゆつ》師協会』だが、響きと字面がおどろおどろしいんで、単に協会って略されることが多い」

「『日本呪術師協会』？　何だよ、それ。そんなの初耳だよ」

「霊障が起きた時、依頼を受けて霊能力者を派遣して除霊にあたったり、相談やアドバイスをしたりする機関だ。ずいぶん昔から存在していたらしいが、ネット社会の恩恵で急速にメジャー化した感は否めないな。俺も全体像は摑めないが、少なくともインチキ集団じゃない」

「そうかなぁ。名前からして、何だか怪しい感じがプンプンするけど……」

半信半疑で顔をしかめる清芽へ、何を思ったのか凱斗が右手を差し出してくる。何かと思えば、チョコをくれという意思表示のようだ。気が抜けて箱を手渡すと何粒かまとめて口へ放り込み、すぐに返してきた。

「……何か、シュールだよね」

「ん？」

「だって、バカげてるよ。駄菓子のチョコ食いながら、呪術師がどうとか話したりさ。でも、これは現実なんだよな。マンガでもアニメでもないんだろ。まぁ、興味があったとしても、霊感のない奴には何の関係もないんだろうけど」

「日本の霊能力者が、全員所属しているというわけじゃない。他にも似たような団体はあるし、極力関わらずに生きている者だって少なくない。例えば、おまえの実家のように」

「…………」

そういえば、と清芽は気になることを思い出す。実家が『御影神社《みかげ》』だと知った時、煉《れん》が「アンタッチャブル」とか何とか言っていた。あれは、どういう意味だったのだろう。

「あんたも……無関係なのか？」

清芽の問いに凱斗は「ああ」と簡潔に答え、少しためらってから言葉を重ねた。

「厳密に言うと、ごく短い間だけ所属していたことがある。今回は、その時の縁で依頼がきたんだ。時期がズレているんで、櫛笥《くしげ》たちと面識はないけどな。それに、協会から離れてからは俺もあまり現場に出ることはなかったし」

「え……じゃあ、あんたはプロの祓い屋ってわけじゃないのか？」

「普段は、M大で民俗学の非常勤講師をやっている。まぁ、あまりに薄給なんで時々こうやって除霊の仕事でしのいでるってところか」

「非常勤講師？　あんたが？　その格好で？」

「何だ、その言い草は。服は関係ないだろう」

憮然《ぶぜん》として睨み返されたが、あまりに意外だったのでマジマジ見つめてしまう。どこから見ても堅気《かたぎ》とは思えないのに、まさか教職に就いているとは驚きだ。いかにもな黒ずくめの恰好は、てっきり祓い屋としての演出なのかと思っていた。

「でも……だったら、尚更俺なんか雇わない方が良かったんじゃないのか？　どれだけ役に立てるかわかんないし、せっかくのギャラも独り占めできないし」

「おまえ、バカだな」

「バカとは何だよ、バカとは！」

人がせっかく殊勝な気持ちで言ったのに、凱斗は呆れ顔を取り繕おうともしない。

「さっきの連中、おまえが『御影神社』の人間だって聞いた途端、態度がガラリと変わっただろう？　今回、協会から厄介な面々が集まっているって聞いていたんだが、やっぱり連れてきて正解だったよ。できるだけ無用な摩擦は避けたいし、信用されていないとこっちの邪魔をされないとも限らない。本来、他人と手を組む仕事じゃないからな」

「確かに……あの豹変《ひょうへん》ぶりはびっくりしたけど……」

「これでわかったか？　おまえの実家は、普通の神社じゃない。少なくとも、こっちの業界では古くから何かと特別視されている。末端の人間なら知らなくても、それなりの能力と実績を持つ霊能力者なら名前くらいは耳にしているはずだ。それに、今は葉室明良がいるしな」

「………」

そういえば、凱斗も『御影神社』の話を聞いた時、真っ先に明良のことを口にしていた。けれど、どんなに霊能力が高くても彼はまだ一介の高校生だ。表だって活躍もしていないのに、と思うと何だか凱斗の住む世界のネットワークが気味悪くなってきた。

「じゃあ、不肖の長男って情報は出てないのかな。あの人たち、俺にも明良並みの力があるって思っていたら困るんだけど」

「霊感の有無に拘《かかわ》らず、おまえが葉室家の長男であることに変わりはないだろうが」

「それは、そうだけど……」

でも、勝手に期待されてがっかりされるのは嫌なんだよ。

続く言葉を呑み込んで、清芽は新たなチョコを口にした。霊感が強い故の悩みや災難も知っているので、我ながらつまらない劣等感だとは思う。けれど、葉室清芽として生まれた以上、この引け目から一生逃れられないのは辛《つら》かった。

「ま、おまえだってこれからさ」

「え？」

「俺は、何も『御影神社』の人間だってだけでおまえを選んだわけじゃない。葉室、おまえでなくちゃダメなんだ。その理由も、直《じき》にわかる。だから、そう自分を卑下《ひげ》するな」

「俺でなくちゃ……ダメ……？」

「ああ。弟の明良じゃない、俺が選んだのはおまえなんだから」

「…………」

気休めというには、あまりに真面目な声だった。どういうことかと凱斗を見ると、照れ隠しのように頭をくしゃりと掻《か》き回される。驚いた弾みに溶けかかっていたチョコの粒が、つるりと喉《のど》を流れていった。

「二荒さ……」

「今更、逃げ帰るわけにはいかないだろ」

「……うん」

そうだった。バイト代は昨日のうちに凱斗から受け取って、今日ここへ来る前に立石《たていし》へ返してしまったのだ。それに、自分は『御影神社』の人間だと知られている。ここで逃げ出せば、実家まで物笑いの種になるだろう。

「そうだね。俺、何ができるかわかんないけど……頑張るよ」

「お、素直だな」

「俺が頑張らないと、あんただって困るんだろ」

わざと憎まれ口を叩《たた》き、頭の手を振り払おうとした時だった。

ガシャン！　ガシャン！　ガシャン！

廊下の外で、立て続けにガラスの割れる音がする。続いて誰かの怯えた悲鳴。

「今のは……」

素早く清芽と二荒は顔を見合わせ、ベッドから立ち上がった。胸が嫌な感じにざわつき、清芽は反射的に腕時計を見る。午後六時。俗にいう『逢魔《おうま》が時』だ。

「あ、櫛笥さん！」

「やあ、葉室くん。君も聞いたんだ？　ずいぶん派手な音だったからね」

廊下へ飛び出すのとほぼ同時に、向かいの部屋から櫛笥が姿を現した。すでに何が起きたのか察しがついているらしく、彼は綺麗な顔を曇らせる。

「場所は、煉くんの部屋だ。……気をつけて」

「気を付けて……？」

「そう。昨日も同じだった。今くらいの時間から、あいつが活発になる」

「あいつ……って……」

絶望している、と説明された、屋敷の悪霊のことに違いない。怖気づく心を奮い立たせ、清芽は音のした方へ走り出した。二階には南と北に階段があったが、北の階段の手前にあるのが煉の部屋のようだ。皆が駆けつけると、開いた扉を前に尊《たける》が蒼白な顔で座り込んでいた。

「尊くん、大丈夫か？」

「葉室さん……」

急いで駆け寄ると、濡《ぬ》れた黒目がこちらを見返してくる。滲んだ雫《しずく》は、恐怖による生理的なものだった。一体何が、と問うヒマもなく、再び室内で激しい物音がする。慌てて中へ踏み込もうとした瞬間、尊がシャツの裾《すそ》を摑んで「ダメ！」と叫んだ。

「今入ると、連れて行かれる！　下がってて！」

「連れて……？」

「煉が頑張ってるんだ！　でも、周囲にまで気を配れないと思うから！」

「…………」

言葉の意味が吞み込めず、とにかく何が起きているのかだけでも、と視線を移す。

そこで、清芽は我が目を疑った。

「なん……だよ……あれ……」

壁のそこかしこが、まるで鋭利な鉤《かぎ》で引っ搔かれたように抉《えぐ》られていた。いや、今もざくりと耳障りな音が室内を駆け巡っている。そのたびに傷はどんどん増え、無残に裂かれた壁紙から木屑《くず》や塵《ちり》がぼろぼろ床へ落ちていた。

だが、見えない。

何もいない。

それなのに、異質な『何か』が室内を徘徊しているのがわかる。

「何だよ……何なんだよ！」

ドン！

唐突な振動に、びくっと身体が強張った。直後に清芽の傍らに、獣の爪で引っ掻いたような傷が刻まれる。ぞくりとして一歩後ずさった背中が、尊の小柄な身体とぶつかった。荒く緊張した息遣いが聞こえ、超常現象など慣れっこな彼でさえ圧倒されているのがわかる。

だが、異変は壁だけではなかった。

生唾を呑み込んで、清芽は室内をゆっくりと見回す。窓ガラスは内側から粉々に吹き飛ばされ、椅子とテーブルが引っくり返っていた。ベッドは横倒しになり、スタンドの電球が床で割れている。まるで、巨人が部屋で大暴れでもしたかのような惨状だ。

だが、何より清芽の目を釘付けにしたのは、常識ではありえない光景だった。

「あれ……は……」

ぐるぐると天井へ向かって渦巻く布。もしや、あれはシーツだろうか。まるで意志の宿った生命体のように回転を続け、獲物と定めた相手を囲んでいる。じわじわと弱るのを待って、飛びかかる隙《すき》を窺ってでもいるようだ。

その中心に、煉がいた。

罠《わな》にかかった動物さながらに、ぐるぐるとシーツの回転に動きを阻まれている。連れて行かれる、と叫んだ尊の言葉を思い出し、清芽の全身が粟立《あわだ》った。

「オン・バザラギニ・ハラチハタヤ・ソワカ！　オン・バザラギニ・ハラチハタヤ・ソワカ！」

「煉……」

布の隙間から覗《のぞ》く険しい横顔は、先刻の生意気な少年と同一人物とは思えない。指を組んで中指を立て合わせ、何度も素早く印を結びながら、彼は真言を唱え続けていた。

「被甲護身だな。護身法の一つだが……どうして今更？」

呆然《ぼうぜん》とする清芽の隣で、凱斗が眉間《みけん》に皺《しわ》を寄せる。すると、尊が悔しそうに「部屋に張っておいた結界が、役に立たなくて」と答えた。

「僕と煉、同じ部屋なんですけど、ちゃんと結界は張っておいたんです。それなのに、さっき突然窓ガラスが割れて。反射的に煉は僕を引っ張って廊下へ突き飛ばしてくれたんだけど、自分は逃げ切れずに捕まっちゃって……」

「捕まった？　あの西四辻《にしよつつじ》煉が？」

「あっという間に、護身法まで解かれちゃったんです！」

信じられない、とでもいうように問い返す凱斗へ、ほとんど半泣きで尊は頷く。

「僕、こんな奴は初めてだ。煉は連れていかれないように必死で印を結び直してるのに、何度やってもすぐ解かれちゃうんだ。全然、効き目がないみたいに」

「それは……まずいな。煉の体力じゃ、そう長くもたない。どこかで止めないと」

「あいつは、狂っているからね。まともなやり方じゃ、太刀打ちできないな」

二人の会話に、櫛笥が（まいったな）とばかりに口を挟《はさ》む。だが、清芽は皆ほど悠長に会話などしていられなかった。「狂っている」というからには、どんな護法や調伏《ちょうぶく》も通用しないのではないか。それでは、煉の身がどうなるかわからない。

「おい、早まるなよ」

いち早く心情を察し、凱斗が腕をきつく掴んできた。耳元でボソリと呟かれ、何だか無性に腹が立つ。確かに自分には何の力もないが、黙って見ているなんてできなかった。

「離せよっ。このままじゃ煉くんが……ッ」

「気持ちはわかるが……悪いな。まだ賭《か》けに出るには早い」

「賭け？　何のことだよ？」

「…………」

「おいっ」

「ダメです、葉室さん！　今、煉は自分を守るのに精一杯で……煉！」

止めにかかった尊が、ハッとして悲痛な叫び声を上げる。ベタリ、と嫌な音がして、シーツににじわりと赤い染みが生まれた。人間の手形だ。

ベタリベタリベタリ。

それは、一人二人の数ではなかった。無数の濡れた手形が、赤い筋を垂らしながらシーツの上を這《は》い回っている。床では砕けた電球の破片が禍々《まがまが》しい光を放って浮き上がり、ゆるゆると布の周囲を回り始めた。

「……何だって、こんな……」

「オン・バザラギニ・ハラチハタヤ・ソワカ、オン・バザラギニ・ハラチハタヤ・ソワカ」

連の真言はまだ聞こえるが、声には苦渋が滲んでいる。獲物が苦しむ様が愉快なのか、鮮血の穢《けが》れを撒《ま》き散らしながら、布はますます回転の速度を上げていった。

「煉！」

尊が、何度目かの悲鳴を上げる。

血の手形の隙間から、煉の顔が見え隠れしていた。左目の眼帯、閉じられた右目。険しい顔つきは一種神々しささえ感じさせたが、心なしか視界が悪くなっている。ありえないことだが煉の輪郭が曖昧《あいまい》にぶれ、モニターにノイズが走ったような歪《ゆが》みが幾度も走った。

連れて行かれる——尊の放った言葉は、こういうことだったのか。

煉は、この世とあの世の境目に引きずり込まれようとしている。少しでも気を抜けば手形の主たちがたちまち群がり、魂まで食らい尽くすだろう。

「煉、ああどうしよう。どうしようどうしよう」

よほど混乱しているのか、尊は何度も同じことをくり返した。

「僕がいけないんだ。僕は霊の声を聴くだけで、除霊の力はないから。だから、煉が」

「尊くん……」

「僕が、僕が本家の子なのに。煉、ごめん。煉……！」

「二人とも、ちょっと下がって」

清芽が宥《なだ》めようとした矢先、厳しい声音が割って入る。誰かと振り返った先に、櫛笥の冷ややかな顔があった。余裕を孕《はら》んだ微笑は取っ払われ、鋭い目つきは別人のように凍てついている。思わずかける言葉を失っていると、彼は一つ息を吸っておもむろに前へ出てきた。

「櫛笥……さん……」

「……うん」

尊の声に微かな笑みを返し、櫛笥は眼鏡を外すとジャケットの胸ポケットへ引っ掛ける。そのまま片膝《ひざ》を立てて腰を落とすと、忌々しげに血まみれのシーツを睨みつけた。

「昨日も、撥《は》ねられたんだよな」

口の中で小さく毒づき、彼は素早く左の人差し指を噛んだ。一瞬、綺麗な顔が苦痛に歪み、みるみる指先に鮮やかな血玉が生まれる。

(自分で傷を……？　この人、一体何をする気なんだ？)

突然の展開に目を離せずにいたら、傍らに立った凱斗がそっと耳打ちしてくる。

「よく見ておけよ。あれが、櫛笥の十八番だ」

「え……？」

櫛笥はふっと目を細めると、視線を静かに床へ落とした。横顔からは一切の感情が消え、異様な空気が彼の全身を包む。

そうして。

念を込めた低い声が、その唇から滑らかに紡ぎ出された。

「〝我が血、縛となりて魔を招来す。その力は斬、滅、散！　くり返す。我が血……〟」

自らの血で床に小さな円を描きながら、最後に中央に判別できない文字を書き込む。全てが終わると櫛笥は長く息を吐き、ようやく瞳にも生気が戻ってきた。

「何……を……？」

「罠《わな》を張ったんだよ、葉室くん」

まだ残る緊張を笑みで隠し、櫛笥はぺろりと傷口を舐《な》める。

「二荒くんが言ったように、僕の得意技はこれ。霊を引き寄せて、短時間だけ緊縛する。尊くんの憑依と違って相性は関係ないしダメージのリスクも低い。ただ、騙《だま》し討ちみたいなものなんで霊を非常に怒らせる」

「怒らせるって……」

「そりゃもう荒れ狂うね。だから、問答無用で祓うべき霊にしか使わない。成仏させるんじゃなく、消滅が目的の場合のみだ。もちろん――あいつは、滅するべきものだ」

言い切るなり、彼は再び真面目な顔で左手を円にかざす。その途端、中央の文字がぺらりと床から剝《は》がれ、赤い閃光《せんこう》を放って浮かび出した。あまりに非現実的な光景だが、不可思議な現象を連続で目の当たりにしたせいで驚く感覚も麻痺《まひ》してくる。

——と。

閃光に気づいたのか、煉を囲んだ布の回転が鈍くなってきた。

「そうだ……こっちへ来い……こっちへ」

櫛笥が、用心深く呟きを漏《も》らす。布からは決して視線を外さず、続けて尊に話しかけた。

「僕の『縛』で封じたら、すぐさま煉と交代だ。尊、そのつもりで彼に声をかけて」

「わ、わかりました！」

尊は急いで頷くと、息を詰めて布の向こうの煉を見つめる。回転は徐々に鈍くなり、文字の閃光はますます鮮やかに周囲を染めていった。やがて、最後の喘《あえ》ぎのように布がぐるんと大きく回り、それきりぴたりと動かなくなる。

「止まっ……た……？」

尊の呟きに、全員が息を詰める。数秒の沈黙。

良かった、罠にかかったんだ——ホッと清芽が息を吐き出した刹那。

「危ないっ！」

「うわっ！」

誰かの怒鳴り声の後、清芽は有無を言わさず抱き寄せられ、そのまま床へ転がった。突然のことに混乱し、わけもわからずパニックに襲われる。何が起きたのか確かめようとしたが、腕の主に庇《かば》うように伸《の》しかかられ、まったく身動きが取れなかった。

「く……苦しい……」

「少しの間だ、我慢しろ」

思わず漏らした呻《うめ》き声に、無愛想な返事が戻ってくる。凱斗だった。どうやら、覆い被《かぶ》さっているのは彼のようだ。密着したせいで心臓の鼓動がやけに響き、共鳴する音に清芽はますます困惑した。

「…………」

張り詰めた空気の中、何があったのかと不安が渦巻く。他の皆はどうしただろう、と耳をそばだててみたが、押し殺した沈黙がひたすら続くのみだ。

「ふ、二荒さ……」

「そんな怯えた声出すな。──大丈夫、もうあいつは消えた」

つっけんどんではあったが、どこか柔らかく凱斗が答えた。その声を機に室内の緊張がいっきに緩み、皆の溜《た》め息《いき》が次々と聞こえてくる。

「まいったな。また逃げられたか」

苦笑を帯びた独白と共に、すぐ脇で櫛笥の立ち上がる気配がした。同時にパタパタと走り出した足音は、恐らく尊のものだろう。彼は真っ直ぐ煉の元へ駆け寄り、必死で介抱しているようだ。煉が弱々しく応じているのが聞こえ、ひとまず無事だったかと安堵した。

「起きられるか？」

凱斗が、そっと尋ねてくる。大丈夫、と答えてから初めて、倒れた時に頭を打たないよう、しっかり抱え込まれていることを意識した。

「あの、あのさ」

「ん？」

「起きたくても起きられないっていうか……動けないっていうか……」

少々情けない気持ちで、清芽はもぞもぞと身じろいだ。これでは、まるで役立たずの部外者丸出しだ。いや、実際そうなんだろうが、男としてこの体勢はあまり人に見られたくはない。

「ああ、そうか」

動揺する様が面白かったのか、ふっと笑いながら凱斗が身を起こした。やっと自由になれた清芽も慌てて起き上がり、半ば八つ当たり気味に彼を睨みつける。

「そっ、そもそも、何でこんなことになってんの。俺、全然わけわかんないんだけど」

「まぁ、言ってみれば条件反射だな」

「条件反射って、何のだよ？　危なかったのは煉くんの方で、俺は……」

「ああ。確かに、俺が何もしなくてもおまえは無事だった」

「へ……」

あっさり認められ、何だか調子が狂ってしまう。凱斗は少しも悪びれた様子はなく、むしろ開き直った顔で堂々と言い返してきた。

「だけど、仕方ないだろう。身体が勝手に動いちまったんだから」

「何、それ……」

　ふざけてんのか、と言いかけた時、不意に頭上に影が差した。

「まぁまぁ、そう突っかからないで。反射神経の鋭い相棒で良かったじゃないか」

「櫛笥さん……」

　目線を上げた先で、櫛笥がニコニコと屈《かが》んでこちらを見下ろしている。くだらない言い合いが急に恥ずかしくなり、清芽はたちまち言葉に詰まった。

「ごめんね、葉室くん」

「え？」

「僕の術、あいつを騙せなかったみたいで」

　申し訳なさそうに詫《わ》びた後、櫛笥が左手を出してくる。その手のひらは、驚いたことに血まみれになっていた。傷ついたのは指だったのに、いつの間にこんな怪我を負ったのだろう。思わず息を呑んだ清芽へ、彼は屈託なく笑いかけてきた。

「あ、これ？　ちょっとヘマしちゃってさ」

「大丈夫なんですか？　早く止血して治療しないと」

「ふふ。優しいね、葉室くんは。……はい」

　青くなる清芽をやんわりとかわし、今度は右手と差し替える。え、と面食らったものの、拒むのも悪い気がしておずおずとその手を摑むと、思いの外強い力で引っ張り上げられた。凱斗がムッとした目で見たようだが、そこは無視して口を開く。

「あの手形は……」

「多分、あいつが喰らったモノたちだ。ずいぶん古い霊のようだから」

真っ先に目に留まったのは、くたりと床に放置されたシーツだ。赤い手形はよく見れば大きさも様々で、「あいつ」と呼ばれる悪霊がいかに多くの獲物を肥やしにしてきたか、一端を垣《かい》間見《まみ》たような嫌な気分になった。

「しかし、こうなると単なる怨霊のレベルじゃないな。妖怪じみている」

呆れた様子で、凱斗が呟く。口調は冷静だが、瞳には苦い色が浮かんでいた。そんな彼の言葉を受けて、再び櫛笥が「なるほどね」と溜め息をつく。

「これで納得がいった。確かに、霊能力者を四人も必要とするわけだよ」

「それは……どういう……」

「除霊の最中に人数が減っても、何とか対応できるじゃないか——四人いれば」

「な……ッ」

それでは、初めから依頼主は数が減ることを前提にしていたことになる。冗談じゃない、と気色《けしき》ばんだ清芽に、櫛笥は「まいるよなぁ」と肩をすくめた。だが、凱斗は憮然と口を開き、彼に真っ向から異を唱える。

「バカなことを言うな。誰一人欠けても、あれは祓えない」

「二荒くん……」

「考えてもみろ。何のために、それぞれ得意とする能力の違う面子《メンツ》が集められたんだ。もし数で勝負のつもりなら、煉みたいな奴を二、三人見繕った方が早い」

「おい、あんた。気安く言ってんじゃねぇよ」

聞き捨てならない、といった調子で、まだ顔色の良くない煉が噛みついた。

「俺に匹敵する霊能力者が、そう何人もいてたまるもんか。バカにすんな」

「れ、煉、二荒さんは悪気があって言ったわけじゃないよ」

「わかってるよ、尊。けど、ムカつく」

尊に支えられながら床に胡坐《あぐら》をかき、彼は偉そうに悪態を吐《つ》いている。けれど、その内容は年相応に子どもっぽく、先刻まで迫力ある印を結んでいた人物とはとても思えなかった。

「ともかく、今回は全員無事で何よりだったな。脱落者も出なかったし」

話をまとめて凱斗が無雑作に頭を振ると、髪からきらきら光る粒が落ちてくる。それは、細かく砕かれた何かの破片だった。清芽はぎょっとし、床に散らばる鋭利な欠片に息を呑む。どうしてそんな物がと思ったが、心当たりは一つしかなかった。

「これ……もしかして割れた電球の……」

「あ、わかった？　僕の術が見破られて、怒ったあいつが飛ばしてきたんだよ。でも、呪文字が弾いちゃったせいで、近くにいた葉室くんの方へ向かっちゃったんだ」

凱斗より先に櫛笥が答え、すまなさそうに清芽を見る。

「ごめんね、危ない思いさせて。咄嗟《とっさ》に二荒くんが君を庇ってくれたから、大事にならないで本当に良かった。まともに刺さっていたら、僕の手のひらどころじゃない大怪我だ」

「あ、じゃあ櫛笥さんの怪我もその時に？」

「まぁね。でも、正直驚いたな。二荒くんも無傷だなんて。破片も、ここまで粉々じゃなかった気がするんだけど……僕の気のせいかな」

「多分、あんたの呪文字に弾かれた時、衝撃で砕けたんだろ。それより葉室、本当におまえは怪我してないのか？　大丈夫なんだな？」

重ねて怪我の有無を問われ、どこも痛くないと首を振った。凱斗は安堵の笑みを漏らし、続いて櫛笥へ視線を移す。

「じゃあ、後はあんたの怪我だな。早く治療した方がいい」

「あ、それなら通いの家政婦さんがもうすぐ来る時間です。皆川《みながわ》さんって五十過ぎのおばさんなんだけど、看護師免許を持っているって言ってました。昨日も、僕たちお世話になって」

「またですかって、苦笑いされるだろうけどな」

尊の言葉に茶々を入れ、煉がきつい眼差しを櫛笥へ向けた。

「……ったく、櫛笥！　てめ、二回もヘマやってんじゃねぇよ。何だよ、その左手。カメラが回ってないと調子が出ないとか言うんじゃねぇだろな！」

「はいはい、煉くんは元気だねぇ。ま、僕の至らなさは認めるよ。悪かった」

「あっさり呪詛《じゅそ》返しなんかくらいやがって。情けねぇ」

けっ、と毒を吐き、彼はよろめきながら立ち上がる。しかし、失敗したとはいえ櫛笥の術がきっかけで「あいつ」は姿を消したのだ。そういう意味では、命の恩人と言っても差し支えはない。それなのに、完全に相手を見下した不遜《ふそん》な態度に、清芽は無性に腹がたってきた。

「あのさ、煉くん。ヘマしたって言うなら、君だって同じだよな？」

「……あ？」

役立たずはすっこんでろ、とでも言いたげな、剣呑《けんのん》な眼差しがこちらを貫く。極度の疲労に縁取られていたが、それでも充分すぎる目力だった。これが子どものする目かよ、と内心驚きながら、負けじと清芽も睨み返す。一触即発の空気に、周囲がシンと静まり返った。

「君は、自分の護身法を結び直すのに手いっぱいだった。でも、もし君の術があっさり破られたりしなかったら、他に手の打ちようがあったはずだ。それなのに、櫛笥さんだけを責めるなんてお門違いじゃないか」

「てめぇ……」

「大体、櫛笥さんの術で気を逸《そ》らさなかったら、本当に死んでいたかもしれないんだぞ。君の防御がそろそろ限界だったのは、傍目《はため》にも明らかだったんだから」

「もう一回言ってみろ！」

気色ばんだ煉が殴りかかろうとした瞬間、素早く清芽の前に凱斗が立つ。両者はしばし視線で火花を散らし、それは瞬く間にピークへ達した。しかし、さすがに本気で殴り合いをすれば負けると思ったらしく、煉は悔しそうに拳《こぶし》を下ろす。

「ふん。相棒じゃなくて、用心棒じゃねぇかよ」

「煉！　いい加減にしなよ！」

懲《こ》りずに捨てゼリフを吐く煉を、見かねた尊がきつく叱り飛ばす。すると、煉はあっという間にシュンとなり、嘘のようにしおらしい顔で「……ごめん」と謝った。ただし、その「ごめん」はあくまで尊に向けられたもので、清芽たちにではない。この、と再び腹が立ったが、これ以上事を荒立てても仕方がないのでグッと堪《こら》えた。

（それに……〝用心棒〟とか言われちゃったしな……）

情けない思いにかられ、涼しげな横顔の凱斗を盗み見る。電球の破片から庇われたり煉から盾のように守られたり、同じ男として不甲斐《ふがい》なさが身に沁《し》みた。自分が誘いをかけたバイトだという責任感からかもしれないが、このままでは本当に役立たずだ。

（せめて、俺にも何かできることがないかな。霊感がなくても、二荒さんのお荷物にならないような……。そうでないと、あんな大金やっぱり貰えないよ……）

いっそ、返却した二十万だけ待ってもらって残りは全部返そうか。そんな考えがちらりと脳裏を掠《かす》め、どうしようかと迷いが生じる。しかし、葉室家の長男である自分が組むことで彼の信用度を高めているのなら、初日で帰るのはいかにもまずいだろう。

「おい、あんた。御影の兄さん」

「え？」

考え事に耽《ふけ》っていたら、いつの間にか皆の視線が集中している。清芽は慌てて表情を取り繕い、やたらと攻撃的な口をきく煉へ向き直った。

「何だよ。さっきの話ならもう……」

「そうじゃねぇよ」

ウンザリしたように遮《さえぎ》り、煉は探るような視線で口を開く。

「あんたさ、本当に葉室の人間？　つか、ちゃんと弟みたいに霊感あんの？」

「え……」

突然何を、と動揺しつつ、他のメンバーを見回してみた。だが、尊は気まずい顔で瞳を伏せているし、愛想の良かった櫛笥も取り成してくれる様子がない。要するに、煉の発言は皆の気持ちを代表したものなのだ。

「なんで……急にそんなこと……」

「だって、あんた視えてなかっただろ」

「…………」

「最初っから最後まで、あいつの動きを一度も目で追っていなかった。あれほど暴れまくっていたのに、それおかしいだろ。な、尊?」

「僕?　えっと……僕は……」

いきなり同意を求められ、尊はたちまち口ごもる。しかし、煉は他人の動向を観察している余裕などなかったはずだ。そう言い返そうとしたら、「それだけじゃないぜ」と遮られた。

「声だって、聴こえていなかった。そうとしか思えない態度だったし」

「聴こえる……?」

鸚鵡《おうむ》返しの呟きに、ほら見ろと言わんばかりの溜め息が返ってくる。

「あいつは、ずっとあんたを見ていたんだよ。あんたを見て、笑って、言っていた。もし〝視えて〟〝聴こえて〟いたら、呑気にバカ面下げてここにいられるもんか」

「ちょ、ちょっと!　煉、それは言い過ぎだよ!」

「言ってた……って……何を……」

それを尋ねるのは、煉の指摘を肯定することになる。頭ではわかっていても、清芽は訊《き》かずにはいられなかった。後ろで凱斗が舌打ちしたが、今更だと思ったのか何も言ってこない。

「なぁ、何を言っていたんだよ。あいつが、俺を見て言ってたことって何だよ!」

「――〝見つけた〟って」

「………」

お兄ちゃん。

その瞬間、清芽の耳に幼い明良の声が蘇《よみがえ》った。

お兄ちゃんを見て言ったの。

頭がね、男の人から取れた頭が。

お兄ちゃんの足元まで這って来て、生首が泥みたいな声で言ったんだよ。

「〝見つけた〟……」

呆然と、呟きが零《こぼ》れ落ちる。

もうとっくに忘れていた子どもの頃の記憶が、鮮やかに浮かび上がっていた。あの夜、明良はいつも以上に怯えていた。霊に悩まされるなんてしょっちゅうだったのに、「怖い」と震えていたのだ。そうして「今度のは、絶対お兄ちゃんにもわかるよ」と言った。

（生憎と、俺にはやっぱり何もわかんなかったけど……でも……）

不吉な符合に、背筋が嫌な感じにぞわぞわする。まさか、あの時と同じ霊がここに来ているなんてことがあるだろうか。いや、まさか。そんなはずはない。あれから、もう八年が過ぎている。明良だって、あれきり何も言わなかった。だから、そんなことあるわけがない。

ぐるぐると否定の言葉が頭を回り、清芽をますます混乱させた。あまりに反応が深刻だったせいか、強気で責めていた煉も鼻白んでいる。しかし、本能的な恐怖が理性を麻痺させ、今の清芽は取り繕う余裕など吹き飛んでいた。

　その時。

「あ、誰か来たみたい！　皆川さんじゃないかな！」

　天の助けとばかりに、尊がわざとらしく声を弾ませる。慌ただしい物音が階下から聞こえ、確認しに部屋を出ていった尊がすぐに笑顔で戻って来た。

「やっぱり皆川さんだった。今夜のメニューは何だろうね。僕、楽しみだな」

「ああ……そういや腹減ったなぁ。とりあえず、夕飯までバラけるか。それと、ジンに連絡しようぜ。この部屋、もう使えないだろ。あいつ、世話係のくせに通いとかふざけてるよな」

「一般人の自分が一緒にいたら、逆に足を引っ張るからって遠慮しているんだよ」

　尊や煉に続き、先刻の議論などなかったように櫛笥が雑談に乗る。結局、清芽の霊感の有無についてはウヤムヤなままだ。いいんだろうか、と清芽が気後れしていると、しっかりしろというように背中を景気よく凱斗に叩かれた。

「俺たちは部屋に戻ってる。どうせ、すぐ飯だろ」

「う、うん。そうします」

　ぎくしゃくと笑顔を作り、それじゃあと部屋を出て行こうとする。すると、櫛笥が何か思いついたように「葉室くん」と優しく呼び止めてきた。

「今日のことは、あまり気にしないで。君はあいつと遭遇したのは初めてだったんだし、何も手が打てなくても仕方がないよ。何しろ、あいつは特別だから。あそこまで強烈な狂気に憑《つ》かれた霊なんて、そうそう出会えるもんじゃないからね」

「……すみません」

いくぶんホッとして、清芽は微笑み返す。初めて目の当たりにした凄《すさ》まじい霊障は、多大なダメージを心身に与えていた。何しろ、生まれて初めて「霊の悪意」というものに身を晒《さら》したのだ。まして狂っているのなら、その悪意もまた純粋だ。

「櫛笥さん、これ」

不意に、凱斗がハンカチを彼へ差し出した。きちんとアイロンのかかった、清潔そうな男物だ。え、と櫛笥が面食らっていると、業を煮やしたように自ら彼の左手を取り、その傷口へハンカチを当てて言った。

「傷、開いていたみたいですよ。血が溢《あふ》れていた」

「あ……ああそう、ごめん……」

「どういたしまして」

親切な行為とは裏腹に、声音は取りつく島もない。櫛笥も対応に困っているようだったが、すぐに凱斗は手を放し、「お大事に」と言って踵《きびす》を返した。

4

崩れるようにベッドへ倒れ込み、アンテナが立っていない携帯電話をボンヤリ眺める。ジンが言ったことは本当で、ここは電波の状況が良くないらしい。せめてメールの送受信だけでもできれば、自分の居場所を家族へ知らせておけるのだが。

「誰にも言わないで来ちゃったしな。ちょっと迂闊《うかつ》だったかも」

人に聞かせるにはあまりに怪しげなバイトだったたし、たった一週間だからと高を括《くく》っていたのだ。けれど、無事に東京《とうきょう》へ戻れるかどうかさえ、心許ない感じになってきた。

「疲れた……」

「おまえ、大丈夫か」

「何が……」

「顔色、ずっと悪いまんまだぞ。まぁ、あんなものに遭遇した後じゃ無理もないが。俺も、ちょっと状況を舐《な》めてた。ある程度は覚悟していたが、想像以上の化けもんだったよ」

「別に……遭遇って言っても、皆みたいに霊そのものが視《み》えたわけじゃないし」

口にしてから、いかにも拗《す》ねた言い草だったと決まりが悪くなった。しかし、ベッドの傍らから見下ろしてくる凱斗《かいと》は「そうだな」と普通に受け止めている。その目には労わりの色こそ浮かべていたが、憐憫《れんびん》や同情の類《たぐい》は一切見られなかった。

（そうか……。この人の前では、そういうの気にしなくていいんだな……）

先刻とは違う、安らかな溜《た》め息《いき》を清芽《せいが》は漏らす。

ずっと抱え込んでいた劣等感を、凱斗の前では何度か吐露してしまっている。彼はそのたびに「おまえは、おまえだろう」と事も無げに言い切り、清芽を啞然《あぜん》とさせてきた。むしろ取るに足らないとでも思っているかのようで、だからこそ素直に聞くことができた。

「……俺、二荒《ふたら》さんにお礼言わないと」

「お礼？」

ゆっくりと起き上がり、改めて端に座り直す。真面目に言うのは照れ臭かったが、さっきは凱斗のお陰で怪我《けが》を免《まぬが》れたのだ。そのことを伝えて「ありがとう」と頭を下げると、彼はしばらく戸惑ったように沈黙し、やがて意外な言葉を返してきた。

「おまえを庇《かば》うなんて、俺もバカな真似《まね》をしたもんだ」

「な……ッ。どういう意味だよ、それ。櫛笥《くしげ》さん、言ってたじゃないか。危なかったって」

「だが、結果的には大事に至らなかっただろう」

「それは、あんたが俺を……」

思わず激昂《げっこう》しかけて、清芽は言葉を止める。庇う気がなかったのに、彼は「条件反射だ」と言って飛び出してきた。それくらい、本当は危機一髪な状況だったはずだ。それなのに、まるで無駄骨を折ったとでも言いたげな発言は非常に気にかかる。

「あのさ、二荒さん。もしかして、俺を連れてきたこと後悔してる？」

「何でそうなるんだ」

「いや、だって……実際、さっきの俺は役立たずだったわけだし。自分で自分の身も守れなくて、二荒さんに嫌々庇ってもらわなきゃなんなかったし……」

「嫌々？　誰が、いつそんなこと言った？」

「………」

心外だ、というように表情を強張《こわば》らせ、凱斗がジッと見返してきた。けれど「バカな真似をした」なんて言われれば誰だって、迷惑かけたんだな、と思うではないか。

「ああもう、そういうことじゃない。別に、迷惑だったとは言ってないだろう」

「え、俺、何も言ってない……」

「言葉にしていなくても、その目を見ればわかる。頼むから、そういう悲しげな目をするな。おまえは、意地っ張りでちょっと強情なくらいがちょうどいい」

「………」

「さっきのは、俺の失言だった。気にするな。それに、俺がおまえを選んだのには理由があると言っただろう。後悔なんか、するはずがない」

憮然《ぶぜん》とした口調だったが、不器用な温もりが伝わってきた。無愛想で言葉足らずだが、彼の意識はちゃんと自分へ向けられている。「意地っ張りで強情」という意見は素直に喜べるものではないが、少なくとも「葉室《はむろ》清芽」個人を見てくれているのだ。

「あの……二荒さん？」

「ん？」

「物は相談なんだけどさ、やっぱり俺に霊感があるって通すのは無理があるんじゃない？」

今なら、と清芽は思った。

生まれて初めて凄《すさ》まじい霊障を目の当たりにし、自分の考えがいかに甘かったかを痛感したからこそ、切り出せるタイミングだと決心したのだ。

「だって、俺、本当に煉《れん》が言うように全然わかんなかったんだよ。壁が抉《えぐ》れたりシーツがぐるぐる回ったりする霊現象も、実は生まれて初めて目にしたくらいでさ。実家で、ポルターガイストみたいなことが起きると明良《あきら》が俺を呼びに来るんだよ。でも、行くともう治まってる。ありとあらゆる超常現象が、ものの見事に俺をスルーしていくんだよな」

いっそ、霊に嫌われているのかもしれない。そんなことを真剣に考えるほど、清芽は闇の世界とは無縁に生きてきた。今から思えば、幼い明良が自分を頼ったのも、鈍感な兄の側にいれば怖い目に遭わずに済むと悟っていたからな気がする。

「だからさ、もし次に同じようなことが起きたら……って、おい！　何してんだよ！」

話の途中で血相を変え、清芽は思わず声を荒らげた。目の前に立つ凱斗が、何を思ったのかいきなり左手に巻いている包帯を解き始めたからだ。

「ちょ、待てってば。包帯を巻き直すなら俺が……」

「一つ訊《き》いておきたい」

「え……？」

怖いくらい真剣な眼差しが、真っ直ぐ清芽を射抜いた。

「おまえは、それでいいのか？　霊感がないとバレたら、すいませんでしたって連中に頭を下げて一人だけ先に帰るつもりか？『御影《みかげ》神社』の長兄は嘘をついた挙句、何もできずに悪霊から逃げ出したと、後々まで物笑いの種になるんだぞ。それでいいのか？」

「な……んだよ、それ……」

「………」

「俺は……俺は、二荒さんの足手まといになるんじゃないかって。さっきだってあんたに怪我がなかったから良かったけど、俺にも危険を避けるだけの力があれば……って、そう……」

悔しいのか悲しいのか、よくわからない。ただ、話している間に胸の奥が火傷《やけど》しそうなほど熱くなってきた。選ばれなかった自身への歯がゆさや憤り、抑え込んできたそれら負の感情が出口を求めて暴れ出す。

「逃げたくなんかないよ。俺は、代々霊能力者を輩出してきた葉室家の人間なんだ。何の力もなくたって、本当は悪霊を前に逃げるなんて醜態は晒《さら》したくない。だけど、しょうがないじゃないか！　俺は明良じゃない、凡人なんだから！　俺は明良じゃない！」

思わずムキになってから、ハッと我を取り戻した。しまった、と後悔したが、一度口にしてしまったものは取り消せない。猛烈な自己嫌悪に捉われ、清芽は唇を強く噛《か》んだ。目を背けることでかろうじて保ってきた己の存在意義を、自らの言葉で打ち砕いてしまった気がした。

ところが。

「……そうか」

「え？」

意外にも柔らかな声がして、慌てて顔を上げてみる。

憐《あわ》れみか蔑《さげす》み、そのどちらかだと思っていた瞳は愛おしそうな光を湛《たた》えていた。まるで、その一言が聞きたかったんだというように、満足げな微笑すら浮かべている。そうして、凱斗は仄《ほの》かに笑みの混じった声音で静かに言った。

「おまえに、一時的に貸してやる」

「貸す？　何を？」

「言っただろう、心配しなくていいと。少しだけ、よく視えるようにしてやるよ」

「何……言って……」

はらりと包帯が床に落ち、凱斗の骨っぽい左手が露《あら》わになった。しかし、目にした光景が信じられず清芽はそのまま絶句する。数日前「傷口が開いた」と言ってあれだけ出血し、治療までしてあげた手の甲の傷が跡形もなく消え失せていたからだ。

「そんな……そんなの……」

代わりに、見たこともない刻印が浮かび上がっている。梵字《ぼんじ》のようでもあり、人の目のようでもあり、とにかく奇異な文様であるのだけは確かだ。清芽は吸い込まれるように凝視し、瞬きも忘れて赤紫の刻印に見入った。

「あんた……俺を騙《だま》したのか……」

「ああ。ちょっと傷を擬態させた。悪かったな」

「ちょっと……って……」

少しも悪いなんて思っていなさそうな謝罪に、怒りを通り越してひたすら呆《あき》れる。つまり、最初の出会いからして計算ずくだったのだ。凱斗はわざと清芽にぶつかり、何だかんだ理由をつけて顔見知りになろうとしたらしい。

（でも、どうして……俺なんかと……）

もちろん、怪しいとは思っていた。不自然な出会い。得体の知れない言動。挙句に大金を積んだバイトの誘い。けれど、清芽は自分の直感に従ったのだ。凱斗は悪人ではない、と感じる心のままにここまで付いてきた。

（俺は、その直感は間違ってないと今でも思っている。だけど、彼が何かを隠しているのは事実だ。それも、きっととても重要な秘密を……）

そこに、自分も関わっているのだろうか。あるいは、目当ては『御影神社』の方だろうか。

わからない、と頭を振り、真意を問い質《ただ》さねばと凱斗を見上げた——が。

（怖い……）

真っ直ぐにこちらを見据《みす》える瞳は、底知れない闇色をしている。そこに浮かぶ感情を読み取れないまま、無意識に清芽は彼と距離を取ろうとした。何故かはわからないが、包帯を解いた途端、凱斗が違う人間に思えて仕方がなかった。

「おい、葉室」

苛々《いらいら》したように、彼が口を開く。

「少しの間、俺から離れるな。もっとこっちに来い」

「え、何で……」

「説明は後だ。とにかく来い」

「い……やだって言ったら……？」

本能的な恐怖に逆らえず、思わずそう口走ってしまう。だが、凱斗は問答無用とばかりに清芽の腕を摑《つか》むと、そのまま力任せにベッドの上へ引き倒した。何をするんだと頭に血が上り、急いで起き上がろうとしたが、強い力で押さえ込まれて身動きが取れなくなる。

「う……く……」

「暴れるな。やりにくい」

「なに……が、やりにくい……って……」

ムチャクチャだ、と思ったが、凱斗の顔は真剣だ。一体何を始めるつもりだと問おうとしたが、混乱しきった頭ではろくに言葉が出てこなかった。

「くそ……ふざ、けんな……ッ」

「ふざけているわけじゃない。おとなしくしていろ」

精一杯の抗議も一蹴《いっしゅう》され、いとも容易《たやす》く組み伏せられる自分が歯がゆかった。ろくな反撃もできず、己の下で見苦しくもがく姿を凱斗はどんな風に見ているだろう。そう思うと屈辱に顔が火照《ほて》り、抵抗する気力が根こそぎ奪われていった。

「……暴れるなよ」

ようやくおとなしくなった清芽に念押しをし、凱斗が改めて馬乗りになる。刻印の左手がそろそろと近づき、Tシャツの胸元から大胆に差し込まれた。ひやりと冷たい感触に、びくりと肌が反応する。何をされるのか、目的は何なのか、不透明な事態に焦燥が募った。

「あ、あの」

「すぐ終わるから、少し我慢していろ」

鎖骨の周辺をまさぐられ、やがて手のひらをぴたりと固定される。心臓がバクバクと音をたて、今にも爆発するのではないかと思った。

「ひ……ひとつ、訊きたいんだけど」

「何だ?」

「まさか、俺にエロいことしようって言うんじゃ……ない、よな?」

「え……」

「するのかよっ?」

一瞬、答えに窮した凱斗を見て、思わず声が上ずってしまう。だが、すぐさま頭を軽く叩《はた》かれて「当たり前だ、バーカ」と全否定された。気のせいか目線は合わせてくれなかったが、恥を忍んで質問したのに、と清芽は別の意味で赤くなる。

だが、それならますます理解できない。一体、凱斗は何をしようとしているのだろう。

「ちょっとだけ痛むぞ?」

「え?」

「動くなよ」

言葉の意味を把握する前に、置かれた左手が燃えるように熱くなった。直後に痺《しび》れと痛みが広がり、あまりの苦痛に息が止まる。

「う……ッ……」

清芽は悲鳴を喉《のど》で止め、無意識に凱斗の腕を摑んだ。きつく閉じた瞳に生理的な涙が滲《にじ》み、何がどうなっているんだと頭が疑問で埋め尽くされる。瞼《まぶた》の奥でちかちかと光が瞬き、それは痛みが遠のくまで明滅をくり返していた。

「……もういいぞ」

「…………」

「おい？　もう動いてもいいぞ」

あんまり強くしがみついていたので、凱斗も対処に困り始めたようだ。しばらくは清芽の身体を持て余していたが、やがて遠慮がちに腕を背中に回してきた。それでも清芽が身じろぎ一つしないでいると、諦《あきら》めたように短く息をつき、ゆっくりと手のひらで背中を撫《な》でていく。それは清芽が我を取り戻し、おずおずと顔を上げるまで根気よく続けられた。

「どうだ、少しは落ち着いたか？」

「お、落ち着いたも何も、あんた何したんだよ」

息がかかるくらいの距離から覗《のぞ》き込まれ、ぎくしゃくと憎まれ口を叩く。あれほど熱かった胸元は、凱斗が左手を引いた時に嘘のように冷えていた。

「いっ、痛かったしっ。貸してやるとか暴れるなとか、わけわかんないし」

「泣いてんのか？」

「うるさいなっ。ちょっと、びっくりしたんだよっ」

「…………」

「なんだよっ。自分でやっといて、何ボーッと人の顔見てんだよっ」

涙目で文句を言う清芽を、凱斗は無言で見返している。不遜《ふそん》な表情も揶揄《やゆ》する眼差しも綺麗《きれい》に消え失せ、軽い驚きを交えた顔は我を忘れている風にも見えた。

「……泣くことないだろうが」

狼狽《ろうばい》しきった呟《つぶや》きが彼の口から漏れ、次いでフイと横を向く。その目元は微《かす》かな朱に染まっていた。誰のせいだよ、と心の中で言い返し、二人の間に数秒の沈黙が訪れる。

(くそ……わけわかんないこと、しやがって)

触れられた場所を布の上から押さえ、清芽は速まる鼓動を持て余していた。痛みや驚きは薄れたが、煽《あお》られた羞恥《しゅうち》だけはしばらく消えそうにない。

「ちょっと乱暴だったが、必要なことだったんだ」

やがて凱斗は憮然としながら、拗ねた目つきをこちらへ戻す。

「勘弁してくれ。そんなうるうるした目で怒られたら、どんなに極悪非道な真似したのかって思うじゃないか。心臓に悪いから、もうそういう目で俺を見るな。いいな？」

「ム、ムチャクチャ言うなよっ。大体、俺だって好きで泣いたんじゃ……」

「ああ、もうわかった。俺が悪かった」

そう言うなり、親指の腹で雫《しずく》を拭《ぬぐ》われた。無骨な仕草だったが、意外にも触れ方は優しい。

「頼むから、もう泣くな。どうしていいか、わからなくなる」

「二荒さん……」

清芽がポカンとしていると、すぐに決まりが悪そうに彼は右手を引っ込めた。

「暴れられたら、移動が上手《うま》くできないんだ。だが、口で言ってもすんなりおとなしくするとは思えなかったから、多少強引な手に出たまでで……いや、ウダウダ説明するより自分の目で確かめてみた方が早いな。そこのワードローブで、鏡を見てみろ」

「か……がみ？」

まさか、傷でもついているんじゃないだろうな。そんな不安にかられて、清芽は急いでベッドを降りた。ワードローブには鏡が備え付けてあり、おそるおそるその前に立つ。あまり気は進まなかったが、思い切ってTシャツの襟を引っ張ってみた。

「…………」

そんな、バカな。

そう言いたいのに、声が出てこない。

清芽は両目を見開き、視界に映る物が何なのか見極めようとした。どういう悪戯《いたずら》だと必死で肌を擦《こす》ったり、唾《つば》をつけてみたりもしたが、刻まれた文様は少しも薄れない。それどころか、時間がたつにつれてどんどん鮮やかになっていくようだ。

「これ……あんたの左手にあった……」

「ああ。一時的にだが、おまえに移した。話すと少々複雑だが、その刻印には俺の力の半分が宿っている。言っただろう、〝おまえに力を貸してやる〟って」

「か……す……？」

言われた意味が、まるきりわからない。物じゃあるまいし、そんな簡単に貸し借りができるような話ではないはずだ。大体、そんなことが人間にできるとは到底思えない。

「いやいやいや、無理だろっ！　そんな真似、いくら何でもできるわけないって！」

「あ？」

「不可能だよ！　霊能力を他人に貸すなんて、聞いたことない！」

きっと、これは巧妙なトリックか悪戯なのだ。凱斗の左手から刻印が消え、そっくり同じ文様が自分の胸に浮かぶなんて、種明かしされればつまらない子ども騙しに決まっている。

「まぁ、落ち着けって」

ベッドの上で足を組み、凱斗は短く息を吐いた。しかし、これが落ち着いていられるわけがない。今すぐ説明しろ、と詰め寄ろうとした時、視界の端を黒いものが掠《かす》めた。何だ、と思わずそちらを向き、そのまま清芽は息が止まる。

「…………」

ベッドの向こう側、ちょうど凱斗が座っている後ろの壁に、女が立っていた。

もう十一月だというのに夏物のワンピースを着て、細い腕をだらりと下げている。長い黒髪には枯葉や小石、虫などがもぞもぞ絡んでおり、手も足も服も至るところ土で汚れていた。

「あ……あ……」

女は俯《うつむ》いていて、顔はよくわからない。けれど、口許がむぐむぐ動いているのが視えた。よく聴くと何か言っている。抑揚のない声はどんどん速くなり、次第に大きくなっていった。

「わたしはうめられたの。湿った暗い場所にうめられたの。あの人が、わたしをうめた。いらないって。私をいらないって。それで、湿った場所にうめた。わたしは……」

不意に言葉が途切れ、バッと女が顔を上げた。

真っ直ぐ清芽を睨《にら》みつけ、怒りと憎悪に満ちた口がぱくりと開く。

「ねえ、聞いてるの？」

「わああああッ！」

恐怖にかられて絶叫し、清芽はその場にへたりと尻餅《しりもち》をついた。だが凱斗は少しも動じず、女に背を向けたまま右手を上げてパチンと指を鳴らす。その途端、ゆらりと輪郭が揺れ、女の姿は壁に吸い込まれるように消えていった。

「葉室、音を出せ」

「え……え？」

「あれくらいの雑霊なら、手を叩くとか指を鳴らす、もしくは大声で一喝《いっかつ》するのでもいい。大きな音を出せば、すぐ追い払える。それが面倒なら、鈴でもつけておけ」

「鈴……あ、魔除けか……」

鈴の音色が魔を祓《はら》うのは、清芽だって知っている。けれど、これまで必要に迫られたことがなかったので、咄嗟《とっさ》には思いつけなかった。

「あんた、本当に……移したんだ……」

よろよろと立ち上がった瞬間、胸の奥から溜め息が零《こぼ》れ出る。刻印の移動だけでは信じられなかったが、実際に霊を見せられれば嘘とは言えなかった。この屋敷に巣食う霊がまやかしではないことは、先ほどの騒動を鑑《かんが》みても明らかだ。

（けど……幽霊なんて、生まれて初めて見た。あんな感じだったのか……）

一時の恐怖が去ると、残るのは好奇心だった。あんなものが部屋にいたのかと思うと鳥肌が立ったが、明良や凱斗にとってはこれが日常の風景なのだろう。なるほど、大概のことには驚かなくなるはずだ。

「今回ここに集められた霊能力者は、それぞれ特化する能力が違うだろう？」

「う……うん」

再び凱斗の隣へ腰かけると、彼は妙に生真面目な顔で話し始めた。

「尊《たける》が霊との対話、煉が除霊、櫛笥が捕縛……そういう観点で言うなら、俺の特化した能力は〝視ること〟だ。修行を積んでコントロールできるようになるまで、相当苦労させられた」

「〝視ること〟……」

「そうだ。いくら霊感があっても、誰もが同じような視え方をするわけじゃない。霊の存在が強ければ嫌でも目立つが、か細い霊波なら気づかれない場合もある。男にしか視えない霊、子どもにしか視えない霊——状況によっても様々だ。だが……俺は違う。俺の目には、どんな条件下でも異質のものが視える」

「それ……って」

「そうだ。おまえの弟と一緒だ。しかも、俺は視える分、聴く能力は著しく落ちるが、おまえの弟はそれも問題ない。今日集まった連中の持つ、対話も捕縛も除霊もこなす。要するに、オールマイティなんだ、葉室明良は」

「………」

「末恐ろしい高校生だって、協会の方でも評判だよ」

明良の能力がずば抜けているのは、今更な事実だ。けれど、正直そこまで凄まじいとは思わなかった。言葉もない清芽に、凱斗はくすりと苦笑して話を戻す。

「さっき、煉たちの部屋で暴れていたやつも、俺にはちゃんと視えていた。だから、おまえを庇うことができたんだ。あいつは、おまえを見て——笑った。愉悦を帯びた、ひどく歪《ゆが》んだ笑い顔だった。おまえ、相当に好かれてるぞ」

「し、知らないよ、そんなことっ」

「よくわからないが、何か因縁があるのかもしれないな。ただ、あいつから訊きだすのは無理だろう。櫛笥が言ったように、あいつは狂っている。捕縛は無理だし、尊も憑依《ひょうい》させたら逆に連れて行かれかねない。まともなやり方じゃ、除霊どころか全員食われて終わりだ」

「食われる……」

あいつが喰らったモノたちだ。

そう言った櫛笥の言葉と、無数の赤い手形を清芽は思い出した。悪霊が「喰う」のは肉体ではなく魂だ。一度取り込まれれば輪廻《りんね》の輪から弾かれ、永遠に闇底で蠢《うごめ》くモノになる。

「幼い頃、俺は自分の能力にかなり苦しめられた」

真っ青になった清芽の気を、逸《そ》らそうとしてくれたのだろうか。

淡々と口調を変え、凱斗が自分の過去を話し出した。

「何しろ、のべつまくなし霊が視えるんだからな。しかも、あいつらは存在を認識されたとわかると、自分の怨《うら》みや未練を何とかしてもらおうとしつこく付き纏《まと》う。だけど、俺には霊の声は聴き分けられない。終《しま》いには余計な怨みを買って、何度も危ない目に遭わされた」

「…………」

「コントロールできない能力なんて、余計なお荷物でしかない。第一、うちはおまえの実家とは違ってごく平凡な一般家庭だったからな。友人はおろか両親にさえ気味悪がられて、中学に上がると同時に遠戚へ預けられたんだ。幸いそこの土地には霊力の高い人物がいて、俺を見るなり忠告をされたよ。〝このままじゃ、あんたは遠からず発狂するぞ〟ってさ。それで、俺は一念発起して修行に励んだってわけだ。意図的に抑えるのは無理だったが、代わりに左手に刻印を宿らせ、霊能力を半減させる術を会得《えとく》したんだ」

「じゃあ、封印した半分を俺に……？」

「ああ。刻印を降ろした時、もう一つ別の力が自分にあることに気づいた。もっとも、生きていく上では不要な力だけどな。まぁ、今回はおまえの役に立ったようで何よりだ」

凱斗はわざと軽口を叩くが、「半分」と聞いて清芽は戦慄《せんりつ》する。

あれほど鮮明に女の霊が視えたのに、それでもまだ「半分」なのか。それでは、封印なしで能力が全開だった時、凱斗にはこの世界がどんな風に見えていたのだろう。

（きっと……俺なんかには想像もできない、悪夢みたいな光景だったんだろうな）

昔の明良も似たような感じだったが、彼の場合は両親を始めとする周囲に理解があった。悪意のある霊は父親が祓ってくれたし、比較的早い時期からコントロールする術《すべ》も学べたのだ。それに対して凱斗はたった一人で、悪霊や周りの偏見の目と闘わねばならなかった。その孤独は想像を絶するし、本人もあまり振り返りたい過去ではないだろう。

（それなのに……本当は疎んじたっていい力なのに、俺の役に立って良かったたって……）

生きていく上では不要な力。そう、凱斗は言い切った。

けれど、〝視える〟ことも〝移す〟ことも、彼は清芽のために肯定してくれたのだ。

（俺は……）

無論、凱斗には清芽を依頼に巻き込んだ負い目がある。騙すような形で引きずり込んだ、その真意は未だもって謎のままだ。無条件に信用するには、あまりに危険すぎると思う。

だけど、それでも。

(やっぱり、二荒さんへの印象は間違っていなかった。何か隠しているのは確かだけど、この人は悪人じゃない。今は、それだけでいい。俺は……二荒さんを信じたい)

それは、生き延びるための本能かもしれない。この屋敷で、「あいつ」が自分を狙《ねら》っていると知った以上、清芽が頼れるのは凱斗だけだ。味方にしておきたいという気持ちが、真実を曇らせているのかもしれない。だが、他に選択肢がないのも事実だ。

「――なぁ」

長いこと沈黙を続けていたら、凱斗が少々言い難そうに声をかけてきた。

「その、おまえの胸だけど……」

「は？　胸？」

「……反芻《はんすう》しなくていい。そこへ刻印を移したことに他意はないからな。人目につく場所だとまずいから、服で隠せる場所にしただけだ。そっちが……その、エロいことすんのか、とか騒ぐから、一応誤解は解いておく。男相手に、変な勘ぐりをされても迷惑だからな」

「変な勘ぐり……」

「だから！　いちいち反芻しなくていい！」

何で怒鳴るんだよ、と思ったが、ここは逆らわない方が良さそうだ。仕方なく清芽が口を閉じると、心の底からホッとしたような溜め息をつかれた。

「——七時だな。食堂へ行くか」

普段の仏頂面に戻って、凱斗がやれやれと立ち上がる。

清芽もつられて立とうとし、ふと目線を下げた瞬間（あっ）と思った。Tシャツの襟が僅《わず》かにずれ、刻印の一部がちらりと見えていたのだ。慌てて隠しながら、ここに触れた時の凱斗の左手を思い出し、急に恥ずかしさがこみ上げる。それは、移された直後に感じた羞恥とはまるきり種類の違うものだった。

（なっ、何なんだよ。何で今頃になって……）

鎖骨を覆った手のひらの温度、長い指のこそばゆい感触。

甘い混乱の中で、清芽はおろおろと立ち尽くした。「変な勘ぐりはするな」と言明されたばかりなのに、自分はバカかと途方に暮れる。

「どうした、葉室？　先に行くぞ？」

ドアのところで立ち止まり、凱斗が訝《いぶか》しげに振り返った。何でもないと取り繕い、これ以上考えるのは止めようと思う。どうせ、突き詰めたところでろくな答えなど出ないのだ。

「今すぐ行く」

忘れた方がいいと呟き、清芽は駆け足で彼の元まで向かう。

けれど、刻印と一緒に何か別の感情まで、移された気がしてならなかった。

不愉快だ。
ここは、どこもかしこも不愉快だ。
空気が重い。視界が狭い。動くたびに「何か」が邪魔をする。
アレのせいだ。
アレが、俺をこんなところに呼び寄せた。
憤怒と狂気が、どろどろと脳で煮えていく。
許さない。決して。アレを捕らえて、四肢を引き千切ってやらねば気が済まない。
生きながら腕を捻《ひね》り、ぶちんと血管が切れる音を聞かせてやる。
足を付け根から捩《ね》じり切り、吹き上げる血飛沫《しぶき》で溺《おぼ》れさせてやる。
ああ、不愉快だ。耐え難いほどに。
ここは、どんよりと身体が沈む。
気を緩めると、すぐに頭が落ちてしまう。
ごろん、ごろん。
ごろん、ごろん、ごろん、ごろん、ごろん。

腐った闇の中で目を凝らし、憎悪の限りを尽くしてアレを呪《のろ》う。

俺のエモノ。せっかくエモノがやってきたのに。

貴重な貴重な、ゴチソウなのに。

食ってやる——絶対に。

ゴチソウを思うと涎《よだれ》が溢《あふ》れる。口の端から唾液《だえき》が滴っていく。

ああ、ああ、ああ、と身悶《みもだ》えた。歓喜に呻《うめ》いた。


オレノゴチソウ。

ダレニモワタサナイ。ゼッタイニ。ゼッタイニ。


「降霊会？　明日の夜に？」

食事時の話題としてはどうだろう、と思わなくもないが、清芽以外の面々は特に気に留めていないようだ。現に話を切り出した煉は、旺盛な食欲でどんどん料理をたいらげている。育ち盛りだもんなぁと感心する一方、彼にも普通の中学生の顔があるのだと改めて気がついた。

「そ。尊がいるから、やらない手はない」

「でも、あいつを憑依させるのは危険なんじゃ……」

「わかってねぇな、御影《みかげ》の兄さんは」

　相変わらず生意気な態度で、煉は小バカにしたように肩をすくめる。彼の右隣に座っている櫛笥が、苦笑いをしながら後を引き継いだ。

「降ろすのは他の霊だよ。彼らからは、案外役に立つ情報が拾えるんだ」

「祓うにしても、あいつには術が通用しないからな。何かで気を惹《ひ》いたり弱点を突いたり、とにかく正攻法じゃ無理だって判断したんだよ」

「今日は煉のことで僕が取り乱しちゃったから、明日にしようって言ってくれて……いいでしょうか、と尊に目で問われ、特に反対する理由もないのでコクコク頷《うなず》く。ちら、と正面に座る凱斗を見たが、彼にも異論はない様子だった。

（つか、話より飯って感じじゃね？　ずいぶん、熱心に食ってるよな）

　見た目は細い方だが、存外しっかり筋肉で引き締まっていることは知っている。煉に張る勢いで黙々と食べ続けている姿に、ふと何度か抱き締められた記憶が重なった。慌てて頭を乱暴に振り、雑念よ去れ！　と心で呟く。

「まぁまぁ、怖いお話をしておりますねぇ。今度は怪我をなさらないように、皆さん気をつけてくださいよ。櫛笥さんの手も、縫うほどでなくて何よりでしたけど」

「先ほどは、お世話になりました。お陰さまで、鎮痛剤が効いたようです」

「大丈夫だって、皆川《みながわ》さん。それよか、この厚揚げと大根の煮物すげぇ美味《おい》しいよ」

「僕も、なるべく注意します。あ、キノコご飯もしょうがの風味がさっぱりして好きです」

「あら嬉《うれ》しい。たくさんありますからね、遠慮なくお代わりしてくださいね」

すっかり子どもの顔で料理にかぶりつく煉と尊を見て、皆川と呼ばれた家政婦はニコニコと人の良い笑顔を浮かべた。実際、彼女の作る料理はとても美味しい。どこか素朴で懐かしい献立は緊張の続く屋敷では唯一といっていい癒《いや》しだ。

「このきんぴら、蜂蜜《はちみつ》とラー油が使われていますね。美味《うま》い」

それまで食べる一方だった凱斗が、一通りの料理を味わったのかようやく口を開く。

「普通はみりんか砂糖だと思ったけど、蜂蜜もイケるな」

「あら、バレちゃいました？　ええ、うちの隠し味なんですよ。さじ加減さえ気をつければ、いいコクが出るの。あとは、ニンニクなんか入れても風味が……」

「ああ、ニンニクは俺も使います」

さらりと返す彼に周囲は奇異の目を向けたが、皆川はひどくご満悦だ。彼女が食後のお茶を淹《い》れに席を外すのを待って、清芽はこっそり尋ねてみた。

「あんた、料理なんかするんだ。なんか意外……」

「中学の頃からほとんど自炊しているし、家事は一通りこなせるぞ？」

「そ、そうか」

まずった、と思ったが、もう後の祭りだ。遠戚に預けられたとは聞いたが、ほとんど面倒は見てもらえなかったのだろう。清芽がしょんぼりしていると、凱斗は例によって少し意地悪い笑みを刻んで「おまえも一人暮らしだろ。今度、作りに行ってやる」と本気か冗談かわからない口調で言われた。

「あの、皆さん」

雑談を遮《さえぎ》り、尊が意を決した表情で一同を見回す。可憐《かれん》な容姿に厳しい瞳、加えて額の白い包帯は、そのちぐはぐさがいっそ艶《なま》めかしかった。

「明日の降霊会、あいつに邪魔されないように細心の注意を払いましょう。幸運なことに、僕とあいつは相性が悪いようだし乗っ取られたりはしないと思う。でも、他の招鬼《しょうき》を憑依させている間に、妨害してこないとも限らないから」

「任せとけって。上手いこと、あいつに抑え込まれている雑霊が捕まるといいんだけどな」

「大丈夫……だと思う。今も、あちこちで聞いているし」

張り切って請け負う煉へ、彼は意味ありげな答えを返す。その視線が一瞬だけ食堂の隅へ流れたのに気づき、つられて清芽もそちらを見た。だが、運悪くそこにいたものと目が合ってしまい、そのまま視線が外せなくなる。

（う……失敗した……）

薄暗い一角に佇《たたず》んでいるのは、不自然なほど小さな老婆だった。

背丈は幼稚園児くらいしかなく、古びた着物の上に薄汚れた割烹着《かっぽうぎ》を着ている。足元に影はなく明らかに生きた人間ではないが、それでも輪郭ははっきりとしており、向こう側の壁が透けたりもしていなかった。

(ダメだ。目を逸らすタイミングが掴めない)

深く刻まれた皺《しわ》、しみだらけの弛《たる》んだ肌。大雑把に結い上げた白髪から、ほつれ毛の一本一本まで鮮やかにわかる。老婆は白目のない目で清芽をジィと見返して、やがて土気色の唇をにんまりと開いた。その瞬間、歯茎から黄ばんだ歯がボタボタと腐り落ちる。

「うわっ」

「葉室さん?」

嫌悪の声を上げ、椅子《いす》から腰を浮かせた清芽に一同の視線が集中した。

「大丈夫、葉室くん?」

「おいおい、勘弁してくれよ。霊能力者が雑霊にビビッてどうすんだよ」

「煉、そういう言い方はやめなよって何度も……」

「だ……大丈夫。ごめん、驚かせて。飯食って気が緩んでいたもんで、つい……」

何とか体裁を取り繕おうと、清芽はしどろもどろで言い訳に努める。だが、こうしている間も室内のあちこちから異様な視線を感じ、鳥肌が立ちっ放しだった。

(まずい……意識させちゃったみたいだ……)

過剰反応したことを後悔しつつ、意識的に忘れようと心を決める。相手になってくれそうだと思うと、霊たちはどこまでもしつこく絡んでくるからだ。

だが、一つだけ良いことがあった。煉が、清芽の「視えない」疑惑を一時的に下げたようなのだ。事実、今は本当に「視える」のだから当然だが、それでも少し肩の荷が下りた。

「大きな声が聞こえましたけど、どうかなさいました？」

台所から緑茶と剝《む》いたリンゴを盆に乗せて、皆川が心配そうに戻ってくる。すぐさま櫛笥が立ち上がり、愛想よく彼女の手伝いを買って出た。煉は「けっ」と毒づいたが、どこの紳士かと思うほどその立ち居振る舞いは優雅で洗練されている。彼を見ていると、一般的な霊能力者とはあまりにかけ離れたイメージに苦笑すら出てきてしまった。

「ところで、この屋敷ってけっこうな霊の吹き溜まりじゃないか。あいつの力に惹きつけられた数も相当だろうけど、もとからいた奴らもかなりいる気がするよね」

「そういえば、皆川さんは平気なんですか？　こんな屋敷に通うなんて怖くないの？」

「私ですか？」

櫛笥に続いて尊が無邪気に質問すると、皆川は困ったように微笑《ほほえ》んだ。

「まぁ、気味が悪くないと言えば嘘になりますねぇ。私の家はすぐ近くですが、このお屋敷は以前から『幽霊屋敷』なんて呼ばれていましたし。確か、ここが空き家になったのは二十年くらい前なんですよ。持ち主の一家が病気や事故で次々に亡くなって、祟《たた》りだ何だと不名誉な噂《うわさ》が流れましてね、それを払拭《ふっしょく》しようと土地屋敷を買い取った不動産屋が地元の神主にお祓いをさせたところ、儀式の最中に突然落雷が……」

「ええっ」

「立ち会っていた不動産屋の腕時計に落ちたそうですよ。遺体は黒焦げだったとか」

「それ、払拭どころかまるきり逆効果じゃん」

青くなる尊の横で、リンゴを頬張《ほおば》った煉が無遠慮な口を利く。

「まぁ、最悪な展開には違いないよな。それで、すっかり『呪われた屋敷』のイメージが定着しちゃって、買い手がつかなくなってしまったってわけだろ？」

「でも、ジンさんは一週間後に建設会社へ土地ごと引き渡す約束だって言ってたよな」

「それはね、葉室くん」

清芽の言葉に、やんわりと櫛笥が口を挟《はさ》んできた。彼は眼鏡《めがね》の奥で瞳を細め、己の美貌《びぼう》で清芽がドギマギする様を面白そうに見返してくる。

「この一帯に、巨大アウトレットモールを作ろうって計画が出ているんだよ。五年後には関東最大の規模でオープンするっていう触れ込みで、周囲の土地を某企業が買い占めているんだ。その工事を請け負っているのが、N建設なんだよ。ねぇ、皆川さん？」

「ええ、よくご存知ですねぇ。この辺は、もうだいぶ買収が進んでいるんですよ。実は私の家も入っていまして、近々引っ越す予定なんです。その前に、子どもの頃に憧《あこが》れていたこのお屋敷の中を見てみたいと思いまして。折よく短期の家政婦で声をかけていただいたので、怖いもの見たさでお引き受けしたんですよ」

「そうだったんだ……。よく知っていましたね、櫛笥さん」

「これでも一応プロだからね。依頼された案件のリサーチは怠りないさ」

そういうものなのか、と素直に感心していたら、「偉そうに」と煉が水を差してきた。

「リサーチしたのは秘書たちで、おまえ自身が何かしたわけじゃないだろ。それも、テレビ用に雇った連中だよな。番組の霊視で楽するためにタレントやゲストの素性や生活を調べさせて、さも〝視えた〟かのように装ってさ。そんなの、ただのインチキじゃないか」

「煉！　言っていいことと悪いことが……！」

「尊、おまえだって知ってるだろ。こいつが、テレビでどれだけ手を抜いているか」

「それは……」

強くは反論できない尊に、煉は「ほらみろ」と皮肉な笑みを刻む。

最初から感じていたが、彼の櫛笥への態度は呆れるほど徹底していた。確かに同業者としてインチキなどされては気分が悪いだろうが、それにしても度を越している。清芽はそれとなく櫛笥の反応を窺《うかが》ったが、毎度のことで慣れたのか特に目立った変化はなかった。品のいい微笑に彩られた顔は、凱斗とは別の意味で真意が読み取れない。

「俺がこいつを嫌いなのは」

歯止めが利かなくなったのか、煉は尚も攻撃の手を緩めなかった。

「初めは、そんな奴じゃなかったからだ。マスコミに出始めの頃は、今より全然マシな霊能力者だった。真面目に霊視して、相手に泣かれようが罵倒《ばとう》されようが、それこそ逆恨みを買ってでも本人のためになる忠告をちゃんとしてやっていた」

「煉……」

「それなのに、世間に注目されて人気が上がってきた途端、楽な方へ逃げやがって。ああ、確かに最初は〝霊能力者のイメージアップ〟に貢献しただろうさ。少なくとも、こいつの霊視は本物だったからな。でも、今は違う。そこら辺の三流霊感タレントと同じレベルだ」

最後に吐き捨てられた言葉に、苛立ちの本当の理由が込められている。彼は家柄が劣るとか軽薄な仕事をしているとか、そんな些末《さまつ》なことで櫛笥に攻撃的だったわけではないのだ。同じ霊能力者として、いい加減な態度が納得できなかったのだろう。

（我儘《わがまま》で扱い難いガキだと思っていたけど……）

傲慢《ごうまん》で生意気な奴としか思えなかった煉の、意外なほど真っ直ぐな気性。

少年らしい潔癖さと誇り高さ故に、彼は櫛笥が許せなかったのだ。

「まいったな……」

手厳しい指摘に、さすがに櫛笥も沈黙を守れなかったようだ。挑戦的な煉の目つきを受け止め、溜め息混じりに弱々しい笑みを浮かべた。

「僕なりに反論したいことはあるんだけど……今夜は止めておこうか。煉くん、この話は今回の仕事が片付いてからにしよう。僕らが最優先すべきは、あいつを消滅させることだ」

「消滅……」

「おや、尊くんは不満かい？　でも、あいつの浄化は無理だろう？　集められたメンバーのうち、祓う力が一番強いのは煉くんだ。その彼が、護身法さえ維持できなかったんだから」

「バカ言えっ。あれは……！」

「何かな、煉くん。言い訳があるなら聞くけど？」

「く……」

さりげなくやり返され、屈辱に煉は押し黙る。紳士然としていながら、案外底意地の悪いところがあるんだな、と清芽は少し櫛笥が怖くなった。

「とにかく、一番の問題は上手くあいつを祓えるか否か、なんだよね。その辺、尊くんが上手く霊たちから訊きだしてくれれば……」

「そうだ、葉室さんがいるよ！」

「え……？」

唐突に、尊が顔を輝かせて声を張り上げる。いきなり矛先を向けられた清芽は、何のことやらわからずキョトンとするばかりだ。だが、尊は救世主発見と言わんばかりにテーブルから身を乗り出し、斜め向かいの清芽の手をがっしと握り締めてきた。

「だって、そうでしょう？　葉室さんの実家は『御影神社』だし、悪霊祓いの本家じゃないか。そこの直系だったら、絶対に強いに決まってるよ！　浄化だって可能かも！」

「い、いや、ちょっと待って。俺は……そんな……」

「ほら、二荒さんが言っていたじゃない？　〝何のために得意な能力の違う面々が集められたのか〟って！　そうだよ、葉室さんの力が僕たちに必要だからなんだよ！」

そうだよね、ときらきらの瞳で見つめられ、清芽は（冗談じゃない）と青くなる。凱斗の力でやっと霊が視えるようになっただけで、それだって付け焼き刃に過ぎないのだ。除霊や浄化は論外、まともに怨霊《おんりょう》と相対することさえできるわけがなかった。

「あの、実家の話はこの際置いておいて……とにかく皆で力を合わせるとか……」

「いいじゃないか。やっと、おまえの出番ってわけだ、葉室」

「ふふふ、二荒さん！」

助け船を出してくれるかと思いきや、味方に背後から斬《き》りかかられた気分だ。どういうつもりかと血相を変える清芽をよそに、凱斗は澄まし顔で緑茶を丁寧に啜《すす》っている。

「高いギャラを貰《もら》っておいて、何も働かずに帰るわけにはいかないだろう？　俺たちも、それなりに役に立たないとな。おまえが葉室家の長兄だってところ、見せてやればいい」

「そんな……」

「そうですよね！」

ますます握る手に力が込められ、純真無垢《むく》な眼差しが清芽を捉える。

「僕、本当のこと言うとずっと憧れていたんです。『御影神社』は知る人ぞ知るって感じで、あまり表へ出てこない存在だったたし。昔からどこの協会や派閥にも属さず、どんな権力者にも仕えなかったって父から聞いたことがあります。ただ、祟りや呪いで苦しんで救いを求めてくる人のためだけに神力を使ったって」

「し、神力なんて大袈裟《おおげさ》な……」

「宮司《ぐうじ》の直系には、それだけの加護があるって聞きました。それに、弟さんの霊能力には呪術師協会の上層部も一目置いているんですよね。学業優先で所属は断られているけど、偉い人たちが熱心にスカウトしてるって。そのお兄さんだったら、絶対に……」

「明良が？」

「ふん、そんなの勿体《もったい》ぶってるだけだろ。実際は大した力もなくて、それがバレるとまずいから出てこないだけなんじゃねぇの」

あからさまに不機嫌な顔で、煉が嫌みを言ってきた。尊が手放しで褒《ほ》めるのが、よほど気に入らないらしい。自分に当てこすられているようで清芽はドキリとしたが、彼はこちらなど眼中になく、最愛の従兄弟《いとこ》の関心を引き戻そうと躍起になっていた。

「騙されんなよ、尊。そいつに、浄化なんかできるもんか。そもそも、ここへ来た時から素人まるだしじゃないか。本当に御影の人間かどうかも、怪しいもんだよな」

「煉、何てこと……」

「ひょっとして、ジンが苦し紛れにフリーターでも雇ったんじゃねぇの。そこの二荒って奴と一緒にさ。最初っから、何か変だと思ったんだよ。一人足りないからって、そんな易々と俺たちに匹敵する霊能力者が二人も引っ張ってこれるなんて。そうだろう？」

「黙れ、くそガキ」

地の底から鳴り響くような一言に、一瞬で空気が凍りつく。

すわ怨霊か、と清芽が青くなって周囲を見回す横で、凱斗が冷ややかに煉を見据えた。

「それ以上こいつを侮辱《ぶじょく》するなら、俺がおまえを調伏《ちょうぶく》してやる」

「な……ッ」

「葉室清芽は、唯一無二の霊能力者だ。こいつの力は、おまえらとは比べ物にならない。味方につければこの上なく心強いが、ひとたび敵に回したら相当に厄介だぞ」

「で…でたらめ言うな……ッ……」

「では、試してみるか？　俺は止めない。その代わり、無駄に強い鼻っ柱を折られて大恥をかくのはおまえだからな。大事な従兄弟の前で、そんな醜態を晒したいのか？」

ニヤリ、と悪魔のような笑みを浮かべ、煉のみならず一同をぐるりとねめつける。あまりの迫力に百戦錬磨の霊能力者たちは蒼白《そうはく》になり、誰も異を唱えようとはしなかった。

「では、この話はここまでだ。ごちそうさまでした」

呆気《あっけ》に取られている皆川へ深々とお辞儀をして、凱斗は静かに立ち上がる。その途端、呪縛《じゅばく》が解かれたように空気が緩み、一斉に安堵《あんど》の溜め息が全員から漏れた。それは清芽も同じで、壮大すぎるはったりにドッと気力を持っていかれる。

(大見得切っちゃって、いざ除霊となったらどうするんだよ……)

面倒な展開になったと思ったが、一方で少し興奮もしていた。あんな風に語られたら、何だか自分が本当に「唯一無二」の存在になった気がする。たとえ錯覚だとしても、誰より凱斗がそう言ってくれたことが嬉しかった。

「あの……煉、僕は今のままでも君はカッコいいと思っているよ」

完全に気迫負けした煉は、培《つちか》ってきた自信も消し飛んで気の毒なほど落ち込んでいる。そんな彼へ顔を近づけ、そっと囁くように尊が言った。

「本当は、本家の僕が除霊できなきゃいけないんだ。それなのに僕に力がないせいで、いつも煉に助けてもらって。仕事でも、危ないところは煉に任せきりだよね。ごめんね」

「そんなことない。尊はそれでいいんだ。おまえは立派な霊媒師じゃないか」

「僕は、煉の足を引っ張りたくないだけだもん。だから、一生懸命やってるだけ。僕、知ってるよ。〝西四辻《にしよつつじ》家の尊は気性が弱い、跡継ぎには向かない〟って言ってる人がいるって。だけど、煉がそのたびに庇ってくれているんだよね。尊は一生俺が守るから、あいつはあのままでいいんだって。僕、ずっと自分が情けなくて言えなかったけど……」

「尊……？」

項垂《うなだ》れる煉の身体を抱き締めて、その肩に額を寄せる。動きに添って尊の黒髪がさらりと流れ、煉は面食らったように真っ赤になった。

「ありがとう、煉。僕、君がいてくれて本当に嬉しい。大好きだよ」

「だ……だ、大好きって……」

「だから、闇雲に他人へ噛みつくのはもうなし。いいよね？」

「う、うん……」

「良かった。じゃあ、葉室さんに謝って」

「え」

にっこり可愛《かわい》く微笑まれて、煉は逆らうこともできず口をぱくぱくさせている。黒目がちの瞳は愛らしく揺れ、男の子だとわかっていても守ってあげたくなる可愛さだ。煉がいっぱしの騎士気取りで側にいるのも、無理はないかもなぁと清芽は思った。

「……わかったよ」

とうとう煉が折れ、渋々ではあったが「すいませんでした」と頭を下げてくる。だが「偉いよ」と尊が褒めると、それで機嫌は直ったようだった。どう考えても手のひらで転がされているが、本人も幸せそうなので清芽も野暮は言わずにおいた。

「あのぅ、後片付けが終わりましたので私は失礼してもよろしいでしょうか」

一通りの騒動が落ち着いたのを見計らって、エプロンを外した皆川が挨拶《あいさつ》にくる。すかさず凱斗が彼女へ歩み寄り、「玄関まで送ります」と申し出た。

そういう気障《きざ》な真似は櫛笥がしそうなのに、と彼をちらりと見ると、どこか上の空な表情で左手をしきりに擦っている。

（櫛笥さん……？）

もしかして、傷が痛むんだろうか。心配になって声をかけようとした時、皆川と凱斗が揃《そろ》って食堂から出ていった。慌ててそちらに意識を戻すと、ちょうど振り返った凱斗が右の人差し指を立てて「騒ぐなよ」というように自分の唇に当てる。

「な……」

どういう意味だよ、と戸惑ったが、すぐに理由がわかった。

皆川の右肩に、人間の手が乗っている。手首から上のない、痩《や》せ細った女の手だ。

女の手は、肩から落ちまいとでもいうように爪を食いこませていた。剝《は》げかけたマニキュアは禍々《まがまが》しい赤色だ。よほど力を込めているのか、青白い甲には筋が浮いている。

「おやすみなさい、皆さん。明日の朝食は八時ですよ」

「ありがとう、皆川さん」

「明日もよろしく」

「おやすみなさい。気をつけて帰ってくださいね」

皆は口々に返事をし、明るく彼女を見送っている。
誰一人、「視えている」などとはおくびにも出さなかった。

5

降霊会は、皆と初顔合わせをした応接室で行われることになった。

時刻は夜の零時で、あと三時間ほどある。それまでに支度を整えておくと煉《れん》と尊《たける》が言い、清《せい》芽《が》は適当に時間を潰《つぶ》そうと凱斗《かいと》と一緒に中庭へ出てみることにした。庭と言っても敷地は荒れ放題で外灯も壊れたままだったが、屋敷の中にいるよりはずっとマシだ。一日中どこかで霊に遭遇したり、不可解な物音や現象に驚かされたりしたので、すっかり神経が消耗していた。

「今日は、あいつは現れなかったね」

夕刻が近づくにつれ全員が警戒を高めたが、結局空振りに終わってしまった。清芽は肌寒さに両手で自身を抱きながら、前を歩く凱斗に話しかけてみる。

「昨日あれだけ暴れたんだし、それなりにすり減ったのかもな。けど、またすぐ復活するさ。何しろ、屋敷にはあいつの餌《えさ》がたくさんいる」

「餌……?」

「雑霊だよ。本当は生きた人間の方が御馳走《ごちそう》なんだろうが、ここには簡単に食える奴はいないからな。皆川《みながわ》さんは、上手い具合に活動時間が終わった頃に来るし」

足元の草を踏み分けながら、薄闇の中を凱斗が進んでいく。屋敷の灯りが届くぎりぎりまで遠ざかると、ようやくそこで足を止めた。先刻から気になるところがあるらしいのだが、生憎《あいにく》と清芽にはさっぱりわからない。

「あのさ」

仕方なく、自分から別の話を振ってみることにした。

「俺、ちょっと思ったんだけど……あいつって、動ける時間が限定されているんじゃないかな」

「……どうして、そう思った？」

「だって、餌が豊富にあるくせに決まった時間にしか出現しないんだろ。あれだけ化け物じみた力があるのに、少し不自然じゃないか。のべつまくなし暴れた方が、こっちの疲弊はひどくなる。獲物を捕らえるなら、弱らせるのが一番なのに」

「驚いたな」

失笑を覚悟で言ったのだが、凱斗は感心しているようだ。案外的外れでもなかったのかと、清芽はホッとして「ビンゴかな」と言ってみた。

「だけど、どうしてなんだろう。何か理由がなきゃ、行動が制限されるなんてことは……」

「そうだな。俺もそう思った。で、庭に出てみたんだが……結界が張られているようだ」

そう言うなり、彼はいきなりその場にしゃがみ込んだ。慌てた清芽は、急いで自分も彼に倣《なら》う。なにしろ周囲が暗いので、近づかなければ何をしているかもあやふやなのだ。

「二荒《ふたら》さん……？」

熱心に地面を見下ろし、凱斗は何か口の中で呟いている。意味はわからなかったが、何かの呪文であることは察せられた。続けて人差し指を地面に下ろすと、今度は何かの文様を描き出す。だが、途中で小さく火花が爆《は》ぜたので、ちっと舌打ちをしてすぐに右手を引っ込めた。

「……大したもんだな」

「何が？　つか、意味不明の独り言、本当にやめてくれよ」

こっちは素人なんだ、と軽く文句を言うと、凱斗は愉快そうにくっくと笑った。

「おまえも、けっこう慣れてきたんじゃないか？　口に遠慮がないぞ」

「二荒さんが、俺を振り回すからだろっ。あんた、いつも言葉足らずだし」

「あー……まぁ、それは否定しないけどな……」

気まずげに目を逸らされて、(自覚してたのか)と可笑《おか》しくなる。清芽の機嫌が直ったのをみて、凱斗は気を取り直したように口を開いた。

「仕方ない。鈍感なおまえのために、特別に説明してやる」

「あのなぁ……って、あ、あんた、何かやろうとしたんだろ。それを弾かれたのか」

「その通り。ちょっとした式を召喚《しょうかん》しようとしたんだが、ここじゃ無効化されるみたいだな」

「式？　式神？　二荒さん、そんなこともできるんだ？」

　半ば呆れ気味に、清芽は問い返す。凱斗の能力に関しては、すでに何度驚かされたかわからなかった。彼は明良《あきら》を「オールマイティ」だと言ったが、それなら凱斗は邪道を極める。

「俺のことはともかく、この庭一帯に強力な結界が張られているのは確実だ。どうりで、あいつも屋敷からは出てこないはずだよ。恐らく、誰かが屋敷に足止めしているんだ。そこまでが精一杯で、駆除まではできなかったってところだろう」

「誰か……尊くんとか櫛笥《くしげ》さんかな」

「どうだろうな。あいつら、何も言ってなかったし。あるいは、協会の誰かかもしれない。ジンが集めた霊能力者は、今回が最初とは限らないだろう？　以前に別の人間が呼ばれて、結界だけ張ってリタイアした可能性もあるしな」

「他の霊能力者……か」

　ありえないことじゃないな、と考えていたら、不意に視界が真っ暗になる。薄闇から完全な闇に包まれ、一瞬何事かと焦った。凱斗が自分のジャケットを脱ぎ、無雑作に頭から被《かぶ》せたのだ。突然の行為にびっくりして、危うく取り乱すところだった。

「なっ、何するんだよ、いきなり」

「寒いんだろう？」

「え……」

「いいから羽織っておけ。風邪ひくぞ」

ごく当たり前のように言われて、何だよそれ、と決まりが悪くなる。確かに肌寒いとは思っていたが、これではまるで女の子扱いだ。ジャケットからもそもそ頭を出し、「そんなに寒そうに見えた？」と訊くと、凱斗は土で汚れた手をはたきながら言った。

「まぁな。こっちは、東京より気温も低い。そんな薄着じゃヤバいとは思ったんだ」

「……女の子じゃあるまいし……」

「バカだな。男とか女は、関係ないだろう」

つっけんどんな物言いだったが、心配してくれているのはよくわかる。本当に、人のことよく見てるよな、と些《いささ》か気恥ずかしい思いでいたら、小さな呟きが聞こえてきた。

「ただでさえ緊張が続いているんだ。少しは、素直に甘えておけ」

思わず本音を零してしまったのか、その声はあっという間に闇へ霧散する。だが、清芽は借りた上着が必要ないくらい、体温が上がるのを感じていた。

（あ、甘えろとか、真顔で言うなって……）

億劫《おっくう》そうに立ち上がる姿が、月明かりの下に浮かび上がる。インナーの白いシャツが鮮やかに映り、黒ずくめの恰好しか見ていなかった清芽は、ふと見知らぬ相手といるような感覚に襲われた。

「……あのさ」

「ん？」

　静かに自分も立ち上がり、袖《そで》を通さずにジャケットを羽織り直す。内側には温もりが残っており、凱斗の体温に包まれているのだと思うと鼓動が自然と速くなった。

「あんたの……二荒さんの霊能力を貸してもらって、俺、わかったことがあるんだ」

「わかったこと……？」

「そう。俺、ガキの頃から明良の様子とか見てるだろ。霊感が強いのは大変なんだって、頭ではわかっているつもりだったんだよ。でも……本心では妬《ねた》ましいし羨《うらや》ましかった」

「………」

「あんたには何度も言ってるけど、俺にはまるきり霊能力がない。それが、凄《すご》いコンプレックスだった。明良が成長して凄みを増すたびに、兄の俺だけどんどん取り残されていくようで情けなかった。だけど、こうして実際に体験してみると……」

「本当に大変だろう？」

　言いたいことの先を読んで、ニヤリと凱斗が笑んだ。

「それがわかれば、おまえのコンプレックスなんて吹き飛ぶ。そう思ったんだよ」

「え……。で、でも、俺に霊感ないと箔付《はくづ》けにならないからって」

「そんなの嘘に決まってるだろう。もともと、箔付けなんて俺には必要ないんだ」

「そ……んな……」

どうしよう。言葉が見つからない。

それでは、まるで彼の行動が最初から何もかも自分のためだったようだ。

「じゃ、じゃあ、俺を怨霊退治に巻き込んだのは……」

「もちろん、目的は別にある。おまえを選んだ理由もな。けど、それについては今は言えない。悪いが、これからおまえが自分で経験し、体感したことでなくちゃ意味がないんだ。おまえ自身がどう変わるか、そこに全てがかかっている」

「俺自身……？」

口調は淡々としているが、間近で見つめる目は真剣そのものだった。しかし、言われている言葉の半分も理解できず、清芽の困惑はますます強くなる。

（俺自身がどう変わるか……そこに全てが……）

わからない。凱斗の言っていることは、まったく意味不明だ。けれど。

（信じようって、信じられるって、そう思ったんだ。この人は悪人じゃない。俺を悪意から騙したりしない。初めにそう感じた、自分の直感に従うって）

それに、と清芽は改めて噛み締める。

「視えること」「感じること」の恐怖とストレス。こればかりは、本当に経験しなくては永遠にわからなかった。それによって、長年のコンプレックスから解放されつつあるという思いは大きい。それも、全部凱斗のお陰だ。彼が「おまえは、おまえだ」と言ってくれた瞬間から、きっと少しずつ自分は救われてきたのだ。

「……二荒さん」

長い逡巡《しゅんじゅん》の後、清芽は真っ直ぐ凱斗を見つめ返した。

生まれて初めて、『葉室《はむろ》清芽』を認めてくれた人だ——そう思ったら泣きそうになった。

「俺ね、一時的にでも視えるようになって思ったんだよ」

「葉室……」

「二荒さん、子どもの頃からこんな思いをしていたんだなって。明良には俺や両親がついていたけど、二荒さんは一人で頑張ってたんだなってさ。そんなこと考えていたら、何だかたまんない気持ちになったよ。もし目の前に小さい二荒さんがいたら、声をかけてあげられるのに。大変だね、怖いねって、口先だけじゃなく本心から同調できるのにって」

「…………」

短く、静かに、凱斗が息を呑《の》んだ。不遜な色は影を潜め、複雑な感情に瞳が歪《ゆが》む。

「あの……俺……わ、わわっ」

気に障ったんだろうか、と清芽が不安になった時、強い力で抱き寄せられた。ジャケットごときつく抱き締められ、何が起こったのかと混乱する。けれど、背中に回された腕の温かさに、いつしか深い安堵が身体を包み込んでいた。

「二荒さん……？」

「おまえが……」

切なく苦しげな呟きに、甘い響きが混じっている。凱斗は喘《あえ》ぐように息を漏らし、その先を耐えて黙り込んだ。一体何を言おうとしたんだろう、と清芽は思ったが、とても訊ける状態ではない。跳ねる鼓動と懐かしい安らぎの狭間《はざま》で、心は目まぐるしく騒ぐばかりだ。

(二荒さん……――)

嫌じゃない。嬉しい。だから、余計に困る。

抱き締められ、沈黙を共有しながら、どうしよう、と思った。できることなら、自分も彼を抱き締め返したい。だけど、こみ上げる衝動は明らかに感謝とは違うものだ。

(俺は……この人が……)

いけない、と言葉にする前に急いで否定する。それは、認めてはいけない感情だった。自分も彼も男なのに、こんな風にドキドキするのは間違っている。いや、仮にそうだとしても、報われることなど絶対にないのだ。

踏み込んじゃダメだ、と自分へ言い聞かせ、清芽は背中に伸ばしかけた両腕を下げた。そうして再び誘惑にかられないよう、ぎゅっと拳《こぶし》を作る。そんなささやかな苦労も知らず、凱斗がようやく腕の力を緩めてこちらを見た。

「二荒さ……」

「口、開けろ」

「は……？」

聞き間違いか、と思ったが、そうではないようだ。唐突な申し出に激しく面食らったが、有無を言わさぬ口調につい従ってしまった。

「――噛むなよ」

おそるおそる開かれた唇に、凱斗の指先がそっと触れる。

「…………」

柔らかな指の腹が、繊細な動きで唇をなぞっていった。くすぐったさに身じろいだ瞬間、歯の隙間《すきま》を丁寧にこじ開けられる。心臓が大きく音をたて、清芽は思わず息を止めた。逸《はや》る鼓動を聴かれる前に、早く拒んでしまわなくては。そう思うのに、この先に何が待っているのかを知りたい気持ちの方が強かった。

「ん……」

喉から声が漏れた。鼓動がうるさい。

体温が、季節外れの日差しのように熱くなる。

裏腹に凱斗の指はひやりとして、氷を摑んだ後のように心地好《よ》かった。

「ほら」

「な……に……」

脈絡のない言葉に惑う間もなく、小さな粒が転がり込んでくる。驚いて目を見開いたが、口の中に広がる甘みは紛れもなくあのイチゴ風味のチョコレートだった。

「なっ……なっ……なっ……」

「おまえ、好きだろう?」

以前と同じセリフを吐き、にこりと凱斗が笑いかける。からかっている様子はないが、どこか癖を感じる笑顔は決して純粋とは言えなかった。その証拠に、彼は動揺で赤くなる清芽を楽しそうに見つめている。

「なっ、何するんだよっ!」

思い切り抗議したかったが、チョコのせいで上手く発音できない。だが、ある意味キスをされるより衝撃的だった。浅ましい願望を見透かされた気分になり、清芽は力いっぱい凱斗の身体を突き飛ばす。いくら何でも、おふざけにしてはタイミングが悪すぎた。

——と。

「あれ? もしかして内輪もめ? そこにいるの、葉室くんと二荒くんだよね」

少し離れた位置から陽気な声がして、草を踏む音が近づいてくる。櫛笥だ。清芽は慌てて居住まいを正し、凱斗もさすがに神妙な顔に戻って彼を出迎えた。

「ああもう、ここら辺は雑草が凄いなぁ。二人とも、そんなところで何してたの?」

「いえ、あの……気分転換……」

「そっちこそ、どうしたんだ。降霊会が始まるまで、部屋で寝ているんじゃなかったのか」

「そんな、あからさまに邪険にしなくても」

無愛想な凱斗の言葉に、櫛笥は苦笑しながら立ち止まる。今日も洗練されたスーツを着こなし、一日の疲れなど欠片《かけら》も滲ませない姿は見事としか言いようがなかった。

「ここ、本当におかしな土地だよね」

グラビアのような佇まいに、そこだけ違和感を放つ左手の包帯。彼は右手で傷を撫でるようにしながら、清芽たちに愛想よく話しかけてくる。

「屋敷の中は雑霊がいっぱいなのに、不思議と庭には見当たらない。むしろ、空気が清浄で呼吸がしやすいくらいだ。……結界でも張られているのかな」

「やっぱり、わかるんですか」

「そりゃ、それくらいはね。ああ、君たちも気がついていたのか。どうも、霊たちは例外なく屋敷に閉じ込められているみたいだな。でも、それで納得したよ。あいつに喰われる危険があるのに、どうして雑霊が逃げ出さないのかって。逆を言えば、それで僕たちも対応しやすくはなっているんだろうけど」

にこやかに説明しながら、櫛笥はちらりと凱斗へ目線を走らせた。そうして、何かを牽制《けんせい》するように微笑むと、再び清芽へ向き直る。

「僕の家——櫛笥家は、陣を使う呪術が得意なんだ。昨日みたいに罠《わな》を張るとか、結界を結ぶとか。そのせいか、初めから庭は気になっていたんだよね」

「そういえば、櫛笥さんは陣を描く際に自分の血を……」

「うん。だから、できるだけ使いたくないんだよ。けっこう痛いんだから」

おどけて肩をすくめる仕草は、まるで役者が演じているかのようだ。だが、いちいち怪我をしないと術がかけられないのは相当に辛《つら》いことだろう。それを重苦しくなく流せるのは、きっと櫛笥が大人だからだ。清芽は淡い尊敬の念を抱き、そんな彼がどうしてテレビなどで霊視に手を抜くようになったのかと理解に苦しんだ。

「でも、ここの結界には驚いたな。あいつを足止めできるからには、それだけ相当な使い手なんだろうね。気がついたのはどっち？　葉室くん？」

「いえ、二荒さんが。確認するために式を召喚しようとしたけど、ダメだったって」

「式を召喚？　それ本当？」

俄《にわ》かに、櫛笥の表情が変わった。それは驚きでも賞賛でもなく――強いてあげるなら強烈な嫉妬《しっと》だ。ほんの一瞬、それも薄闇の中だったので確証はないが、明らかに彼を包む空気は不穏な熱を帯びていた。

「あの……櫛笥さん……？」

「え？　ああ、ごめんごめん。こんなところで無駄話している場合じゃなかったんだ。実は、君たちを呼びに来たんだよ」

「俺たちを？　でも、まだ降霊会の時間じゃないですよね」

「うん、そうなんだけど……」

櫛笥は言い難そうに眉《まゆ》をしかめ、少しためらってから口を開く。

「ちょっと、予期せぬ事態になったんだ。悪いけど、すぐに屋敷へ戻ってくれる?」


扉を開けた応接室には、異様な空気が流れていた。

室内は薄暗く、灯りと言えばテーブルの中心に置かれた燭台《しょくだい》くらいだ。妖しく揺れる炎が浮かび上がらせているのは、人形のように美しい一人の少年だった。

「あれ……は尊くん……?」

「そうだよ。西四辻《にしよつつじ》家尊、本領発揮の姿だ」

半信半疑の面持ちで呟く清芽に、隣に立った櫛笥が神妙な顔で頷く。

ソファに腰かけ、軽く両手をテーブルの端に乗せた尊は、食堂ではしゃいでいた少年と同一人物とはとても思えなかった。表情からは生気が失せ、伏せがちな瞳はガラス玉のように無機質に光っている。もともと白い肌は陶器の如く、黒髪は闇を切り取ったように艶《つや》やかだ。

「今、彼は単なる『器』だからな」

興味深そうに見つめながら、凱斗が尊から目を離さずに呟いた。

「だけど、一体どうしたんだ？　手順も踏まずに降霊するのは、熟練者でも危険だぞ」

「しょうがないだろ。準備が整う前に、誰かがいきなり尊の中に入りやがったんだ。くそっ、こんなの初めてだ。尊の意志をねじ伏せて、問答無用で乗っ取るなんて」

「問答無用だと？　まさか、ありえないだろう」

煉が苦々しく吐き出した言葉に、凱斗が珍しく狼狽してみせる。それだけ異常な事態なんだとわかり、清芽も緊張が増してきた。

「ああ、その通りだよ。ありえねぇよ。だから、驚いてるんじゃないか」

「煉くん……」

「仮に霊が身体を使って暴れようとしても、尊自身の意志で阻止することができる。それが、西四辻尊が優秀だと言われる所以《ゆえん》だ。下手な霊媒師だと、うっかり性質《たち》の悪いのを憑《つ》かせてそのまんま自殺や殺人に発展する場合もあるからな」

「でも、彼に限ってそれはない……」

「当然だろ。普段はおとなしいけど、尊の精神力は誰より強靭《きょうじん》だ。憑かせた霊に振り回されるようなことは絶対にない。……なかったんだ。それを……こんな風に完全に意識を手放しちまうなんて……絶対にありえねぇよ」

「…………」

もしや、これもあいつの仕業なんだろうか。

ふと、清芽は戦慄した。あいつなら、ここに集った霊能力者たちの力を弄《もてあそ》ぶのも朝飯前だろう。煉の護身法をあっさり破ったように、護りの固い尊の意識にも容易く侵入できるはずだ。

（いや、待てよ。あいつは、活動時間が逢魔《おうま》が時に限られるんじゃなかったのか？　それか、時間はやっぱり関係なかったのかな。いや、でも……）

どういうことだ、と頭を捻《ひね》ってみる。活動時間は推測にすぎないし、あいつが尊を乗っ取ったと考えるのは可能性として一番ありな気がした。だが、どうもすんなり納得がいかない。

（そうだよな。一度しか遭遇してないけど、あれだけ問答無用に暴れまくってたんだぞ。まるで、狂った本能のままに突き進むって感じだった。それなのに、どうして尊の中でおとなしくしているんだ？　あいつなら、とっくにメチャクチャやってたっておかしくないのに）

どうにも不自然なものを感じ、清芽は煉へ向き直った。

「尊くんは、ずっとこの状態なのか？　何か話したりは？」

「……何も。いきなり様子がおかしくなって、後はこの調子。トランス状態のまんまだよ」

「声はかけてみた？　煉くんの言葉になら反応するかも……」

無駄とは思いつつ言ってみたが、とっくに試したとでもいうように煉は首を振る。お得意の憎まれ口を叩かないのは、それだけ尊の状態が心配なのだろう。

「『器』……か」

沈黙していた櫛笥の唇から、苦い声音が漏れ聞こえた。彼も、どんな手を打てばいいのか考えあぐねているようだ。声音に滲む焦燥が、雄弁にそれを物語っていた。

「二荒さん、何か考えは……」

「しっ」

煉が素早く会話を制止し、食い入るように尊を見つめる。何か異変が、と慌てて清芽も身を乗り出した。皆の視線が集中する中、それまで焦点の合わなかった尊の瞳がゆっくりと瞬きをくり返し、放置されていた両手が静かにテーブルから浮き上がる。

「た……ける……？」

厳粛な空気に気圧《けお》されたのか、煉の声が掠れている。尊の全身を淡い光が包み、やがて青色を帯びながら炎のように揺らめき始めた。

「おまえ……誰だ……」

無意識に、清芽の唇が動く。

これは、あいつではない。何故かはわからないが、そう確信した。

「誰なんだよ。尊くんの身体を使って、何が言いたいんだ」

「おい、葉室」

「言えよ！　訴えたいことがあるから、こんな真似をしているんだろうっ？」

凱斗が止めにかかったが、ざわめく気持ちは抑えられない。どれだけ高い霊力を誇っていても、尊はまだ中学生だ。このまま意識を乗っ取られていたら、体力を消耗する一方だろう。用事があるならさっさと済ませて、彼から離れてもらいたかった。

「言え！　おまえ、俺たちに何を言いたいんだ！」

「——この中に」

突然、尊の口から言葉が零れ落ちる。

全員がギクリとし、瞬時に空気が凍りついた。

「この中に……一人」

「え……？」

響く声音は、明らかに尊のものとは違う。幾重にもひび割れ、くぐもった音の羅列はさながら地の底で螺旋《らせん》を描いているようだ。しかし、不思議と澱《よど》んだ印象はなく、ただ完全にこの世とは隔たった異質さだけを感じさせた。

尊は——尊に憑いたものは——ゆるりと視線を泳がせ、誰に言うともなく呟いた。

「この中に一人、紛い物がいる」

「…………」

「騙《かた》りを働いている」

直後にがくりと項垂れ、力が抜けたようにソファから床へ転がり落ちる。真っ青になった煉が「尊！」と叫んで駆け寄り、その身体を懸命に抱き起こした。

「尊、おい！　しっかりしろ！」

「煉くん、あまり揺らさない方がいい。今、濡《ぬ》らしたタオルを持ってくるから」

櫛笥が素早く踵《きびす》を返し、急いで応接室から駆け出していく。煉は緊迫した顔色のまま腕の中の尊を呼び続け、何とか目覚めさせようと必死になっていた。

「葉室……大丈夫か？」

「…………」

騒然とする空気をよそに、そっと凱斗が声をかけてくる。

だが、清芽は返事ができなかった。今口を開いたら、何を言い出すか自信がなかったからだ。

『この中に一人、紛い物がいる』

『騙りを働いている』

尊の身体を借りて語られた言葉は、恐らく自分を指したものに違いない。そう思うと、足元が竦《すく》んで動けなかった。

「騙りって……誰のことだ？」

一向に意識が戻らない尊を抱え、煉がきつい眼差しを向けてくる。視線は迷いもせず清芽を貫き、まともに見返すには相当な意志の強さが必要だった。

「おい、御影の兄さん。あんた、何か心当たりがあるんじゃないのか？」

「どうして……俺が……」

「だって、ずいぶん顔色が悪いぜ？　まるで、自分のことを言われたみたいにさ」

「…………」

それきり訪れる刺々《とげとげ》しい沈黙が、更に清芽を追い詰める。どうしよう、いっそこの場で全部告白してしまおうか。そんな誘惑にかられ、思わず口を開きかけた時だった。

「お待たせ。ついでに冷えたミネラルウォーターも持ってきたよ」

「櫛笥さん……」

「あれ？　葉室くんも真っ青だね。君も一緒に飲むといい。はい、コップ持って」

気まずい空気を押し流すように、櫛笥が明るく微笑みかけてくる。救われる思いでコップを受け取ると、水滴を垂らしたペットボトルから勢いよく水が注ぎ込まれた。同時に清らかな涼気が立ち上り、くすんだ視界がみるみる澄んでいく。

「水の流れは浄化の役目があるからね。気休め程度でも、楽になっただろう？　ほら、煉くんもさっさと尊くんに飲ませて。それと、これタオル。氷水で濡らしてきたから」

「……助かる」

嘘つきの正体を暴くより、尊の方が大事なのは言うまでもない。煉は追及をやめ、急いで冷たいタオルを尊の額に乗せた。その効果は絶大で、全員が見守る中、ようやく尊が目を覚ます。

彼がうっすらと瞳を開いた瞬間、煉が感極まったように声を荒らげた。

「尊、このバカ！　心配させやがって！」

「れ……ん……？」

尊はしばらく惚《ほう》けていたが、唐突に表情に生気が戻る。そのまま煉の差し出した水で喉を潤すと、弱々しいがはっきりした口調で「皆さん、心配かけてすみません」と謝罪した。

「驚いた。こんなの初めてです。いきなり意識を乗っ取られて、手も足も出なかった。普通なら、手順を踏まずに僕に入り込むなんて絶対無理なのに」

煉に支えてもらいながら身体を起こし、尊は深く溜め息をつく。もとから整った容姿だが、先ほどの彼は精巧な人形と見紛うばかりだった。でも、今は表情にも色がつき、清芽を始め全員がホッと安堵する。

「さっきの霊、ちょっと変だったんです」

尊は軽く首を傾《かし》げ、腑《ふ》に落ちない様子で言った。

「うっすらとした記憶しかないんだけど、僕を乗っ取った霊、屋敷に留まっている雑霊とは少し毛色が違うみたいだった。そうだな……よそから来たみたいな……」

「よそ？　よそってどこだよ？」

「わかんないよ。でも、少なくともあいつの支配下にはない霊だ。苦痛や怨み、悲しみなんかの念は残していかなかったから。ううん、それどころか強烈な光を感じた」

「強烈な……光……？」

煉が不可解な様子で反芻し、清芽たちも何のことだろうと困惑する。皆を戸惑わせた尊は申し訳なさそうにシュンとしたが、それでも一生懸命説明を試みようとした。

「上手く言えないけど、あれ、普通の霊媒師だと降ろせないんじゃないかな。邪念がない代わりに凄く存在感が強くて……もしかしたら、神格に近いのかも。僕を乗っ取ったのも、純粋にメッセージを伝えたかったからみたいだし」

「伝えたかったって……〝紛い物〟か？」

煉の問いかけにこくりと頷き、尊はそのまま深刻な面持ちで唇を閉ざす。しかし、ほんの一瞬、その目がちらりと清芽を見た。他の面々は気づかなかったようだが、清芽の心臓はドキリと大きく音をたてる。

「〝紛い物〟……ね」

意味ありげに呟いたのは、意外にも櫛笥だった。彼はぐるりと一同を見回した後、おもむろに凱斗へ向き直る。

「僕さ、君のこと見かけた覚えがあるんだよね」

「…………」

「ジンさんは〝協会の所属じゃない〟って言ってたけど、それ嘘でしょ？　僕が本部に所用で出向いた時、上層部の連中と話していたのって二荒さんだと思うんだ。実はさっきまで思い出せなかったんだけど、式の召喚って聞いてピンときた」

「式の召喚？　協会では禁じてる術だろ、それ」

興奮気味に口を挟んできたのは、その手の話が大好きな煉だ。それを受けて尊が、重々しい口調で定義を諳《そら》んじた。

「〝霊や妖を使役する術は、現代社会に無用な混乱や危険を広げる恐れがあるとして、使い魔の召喚、及び使役は一部の会員以外には禁ずるものとする〟」

「その通り。協会に出入りしていて、尚且《なおか》つ式神を扱えるのは特別に認められた会員のみだ。ねぇ、二荒くん。君はフリーなんかじゃなくて、本当は協会の上層部に属する霊能力者なんだろう？　だったら、どうして正直に身元を明かさないのかな？」

それはカマかけでもはったりでもない、確信に満ちた声だった。好奇心も手伝ってか、凱斗が何て答えるのかと煉と尊は固唾《かたず》を呑んで見守っている。

しかし、凱斗は欠片も動揺せず、平然と櫛笥の問いに答えた。

「おまえが言うように、俺はかつて協会に所属していた。だけど、ほんの一時的なことで今はフリーだ。たまたま俺が在籍していた時期に、おまえが見かけただけだろう。その時は、確かに上層部の連中と付き合いがあったよ」

「ふぅん、認めるんだ」

「認めるも何も、初対面で尋ねられたら答えたさ。式の召喚は協会時代に会得したが、フリーになったら使えないというわけじゃない。それだけのことだ」

「そ、そうだよ。二荒さんが協会にいたのは、俺も聞いて知っていたし！」

「葉室くん……」

ここぞとばかりに清芽が加勢すると、櫛笥がたちまち白けた顔になる。だが、実際に凱斗は経歴を黙っていただけで、別にごまかしていたわけではないのだ。それを「紛い物」と呼ぶのはあまりに気の毒だった。

（それに、やっぱりあれは俺のことだ。尊くんに降りた霊は、俺の正体を見抜いて……）

先ほど向けられた尊の視線が、それを物語っている気がする。凱斗は、自分の箔付けで清芽を連れてきたわけではないと言ってくれたし、それなら本当のことをバラしても迷惑はかからないだろうか。

（いや、ダメだ。二荒さんはともかく、実家に汚名を被《き》せることになる）

長男が霊能力者を騙ったなんて、『御影神社』末代までの恥だ。やはり、ここで何もかも打ち明けてしまうわけにはいかない。

「もういいよ、櫛笥。今夜は解散しようぜ」

早々に飽きたのか、煉が面倒臭そうに欠伸《あくび》をした。

「誰が〝紛い物〟なのか、そんなのは今グダグダ議論したところで意味ねぇだろ。俺たちは、もともとチームでも何でもないんだ。一番力の強い奴があいつを祓う、それで万事解決じゃないか。別に、役に立たなくたってギャラを返す義務はないんだしさ」

「煉くん……」

「それは違うよ、煉。あいつは、一人じゃ祓えない。絶対に不可能だ」

疲労を色濃く浮かべてはいたが、妙にきっぱりと尊が断言する。彼は澄んだ黒目で訴えかけるように、その場の全員をゆっくりと見つめた。

「二荒さんが言っていたよね？　何故、能力の違う僕たちが集められたのかって」

「それは……」

「僕、二荒さんは正しいと思う。大事なのは、全員で除霊にあたることなんだ。あいつを祓うには、誰か一人欠けてもダメなんだよ。〝紛い物〟に気をつけろ――あの霊の言葉は、僕たちのチームワークを乱すものに注意しろってことなんじゃないかな」

「尊……」

あたかも、先刻の霊が助言を与えているかの如く尊の言葉が突き刺さる。

清芽は思わず息を呑み、それは戦力外の自分にも当てはまるだろうか、と考えた。正直、借り物の能力で霊が視えるようになった程度で、あいつに太刀打ちできるとは思えない。

『これからおまえが自分で経験し、体感したことでなくちゃ意味がないんだ』

不意に、先刻の凱斗の言葉が蘇《よみがえ》った。彼が今回の依頼に自分を巻き込んだ意図はまだ明かされていないが、少なくともここで逃げ帰れという意味ではないだろう。

いや、逃げてもいいのだ。

誰にも、強制されてはいない。それこそ、選択は清芽の自由だ。でも。

（逃げたくない……――）

清芽自身が戸惑うほど、その想いは強く膨《ふく》らんでいった。ここで背を向けるのは嫌だと、無謀な叫びが心に渦巻いている。

——と。

「もう逃げたくないだろ」

まるで心を読んだかのように、ボソリと凱斗が耳元で囁いた。その声音に背中を押され、清芽はおずおずと、しかしきっぱりと頷く。

「うん——逃げたくない。何ができるか、何もできないのか、それさえわからないけど。だけど、もう俺は二度と逃げたくない。二荒さん、俺に力を貸してくれる？」

「最初から、そう言っている」

柔らかく笑みを含んだ返事が、力強く吹き込まれた。

「おまえは、何も迷う必要はない。できることを、ただやればいいんだ」

「……ありがとう」

彼の企みが何であっても、その言葉だけは信じられる。不思議なほど確信に満ち、清芽はもう一度頷いた。怖れることはない。二荒凱斗は、自分の味方だ。

(味方……——)

改めて、己の呟きを反芻する。

では、と一つ深呼吸をして清芽は皆を見回した。

霊媒師の西四辻尊、祓い師の西四辻煉。陣で罠を張る櫛笥早月《さつき》。
目の前の連中は、はたして味方になりうるのだろうか——?

6

腐臭の中で、のたり、と這《は》ってみた。
初めは慣れなかったが、一度受け入れてしまえば存外快適だ。
苛立《いらだ》ちと焦りで狂いそうだった日々が、今はもうずっと遠くにある。
自由になった。身が軽い。俺は俺は俺は。解放されたんだ。
どろどろに溶け合った脳味噌《のうみそ》が、ちゃぷんちゃぷん、と歓喜の音色を奏でる。
そういえば、と這うのを止めて考えた。
こうなる前に、どこにいたんだっけ。
マガイモノ。
あの光が欲しい。腹いっぱいに呑《の》み込みたい。
マガイモノ。
いつから、人ではなくなったんだっけ。
マガイモノ。

喰いたい。

マガイモノ。

俺は。


それから三日間は、拍子抜けするほど何も起こらなかった。

いや、厳密には「何も」というわけではない。清芽《せいが》たちが除霊すべき「あいつ」は鳴りを潜めていたが、雑霊の方はむしろ騒がしかったくらいだ。しかし、生命の危機を感じるような悪さではなかったため、霊障に慣れている煉《れん》たちは退屈しきった顔をしていた。

「あいつら、信じられないよ。こんな化け物屋敷にいて、普通に生活しているなんて」

「普通？　そうか？」

ベッドの上で本を読んでいた凱斗《かいと》が、バスルームから戻って来た清芽に視線を移す。古びたハードカバーは屋敷の書庫から漁《あさ》ってきたものらしく、埃《ほこり》にまみれているのを嬉《うれ》しそうに拭《ふ》き取っていた。聞けば、好きな英国人作家の希少な初版本だという。

「……優雅に読書なんかしている人に、言うのも何だけどさ」

何となく鼻白む思いで、渋々と清芽は先を続ける。

「今日なんか煉と尊《たける》の奴、ＰＳＰのゲームで対戦して盛り上がってたんだぞ。大体、除霊の現場にゲーム機持参って、どんだけ舐《な》めてんだよ」

「彼らだって、素顔は普通の中学生だ。それくらい、大目にみてやれ。それに、遊んでばかりでもないだろう。おまえ、二人に勉強を教えていたじゃないか」

「そ、それは、一週間も学校を休んでるから授業に遅れないようにって……」

見られていたのか、と急にバツが悪くなり、語尾はモゴモゴと不明瞭《ふめいりよう》になる。同じ屋根の下で何日も過ごしていれば、何となく情も湧《わ》いてくる。生意気で可愛《かわい》げのなかった煉も手こずっていた数式を清芽がスラスラ解いてみせたら、その時ばかりは尊敬の眼差しを向けてくれた。

「俺もそれとなく聞いていたが、おまえの教え方はなかなか上手《うま》かった。あれなら、塾講師としてすぐ戦力になるな。コンビニでのバイトより、よほど金になるだろうに」

「え……聞いてたんだ」

初めてまともに褒《ほ》められて、無性に照れ臭くなる。それでなくても、凱斗の存在は日増しに清芽の中で大きくなっているのだ。降霊会の夜、庭で抱き締められた時から、急速に心が彼へ傾いていくのを自分でも持て余しているところだった。

（好きになったって、しょうがないのにな。男同士だし、正体は謎だらけだし、第一この依頼が片付いたら縁が切れるかもしれない相手なのに……）

考えるとつい不毛な方向へいくので、できるだけ意識しないように努めてはいる。けれど、部屋は同室だしほとんど一緒に行動しているので、内面の変化を悟られないように振る舞うのが精一杯だった。

「そういえば、今夜はどうだった？　また、やられたのか？」

パタンと本を閉じ、凱斗がニヤニヤと冷やかすように尋ねてくる。鴉《からす》の行水《ぎょうずい》かと揶揄《やゆ》されるくらいシャワー時間が短いので、大方は察しているだろうに意地の悪いことだ。清芽はしかめ面で溜《た》め息《いき》をつき、「大丈夫だった」と憮然と答えた。

湯船の中で、足首を摑《つか》む者がいる。

もちろん、バスタブに入っているのは清芽一人だ。いくら目を凝らしても、誰かが潜んでいるはずもない。姿どころか影さえ見えないので、気のせいかと思うとまた摑まれる。さすがに薄気味悪いので、昨日からシャワーだけで済ませることにしたのだ。

「お陰で、疲れを癒すどころじゃないよ……」

皆にも報告したのだが、「へぇ」と薄い反応が返ってきただけだった。暗に「それくらいで大騒ぎするな」と言われているようで、むしろ清芽の方が恥ずかしくなってくる。煉に至っては「足、摑まれただけなんだろ。いいじゃんか、減るもんじゃなし」と暴言を吐く始末だ。念のために訊《き》いてみると、全員が一通り同じ経験はしているらしい。その上で平然としているのだから、同情してもらえないのは当然だった。

「二荒《ふたら》さんも平気そうだよな。なんか、俺だけ怖がっていてバカみたいだ」

「変な奴だな。何も被害がないなら、それが一番いいだろうが」

凱斗はしばらく携帯電話を弄《いじ》っていたが、やがて諦《あきら》めたらしく傍《かたわ》らに放り出した。相変わらず電波は入ったり入らなかったりで、やっと通じたかと思えば非表示の着信から女の呻《うめ》き声が漏《も》れてきたりする。お陰で清芽は手に取るのも嫌になっていたが、何か重要な連絡でも待っているのか、凱斗はマメにチェックをしているようだった。

（もしかして、カノジョ……とかかな。いても、おかしくはないよな。二荒さん、ルックスはかなりいい方だし。まぁ、ちょっとズレてるところはあるけど）

左の薬指にリングはしていなかったので、恐らく未婚だとは思う。そこまで考えてハッと我に返り、清芽はひどい自己嫌悪に陥った。

（あ～、何か女々しいぞ、俺。何、指輪のチェックとかしてんだよ。意識しないって、決めたばかりだろ。俺が変な目で見てるって気づいたら、絶対引かれるって！）

まだ生乾きの前髪をくしゃくしゃかき上げ、冷静になれ、と心で呟《つぶや》く。だが、そんな健気《けなげ》な決意を無にするかのように、ベッドから降りた凱斗が目の前に立った。

「おい、葉室《はむろ》」

「へ……？」

「いくら風呂場が怖いからって、髪くらいちゃんと乾かしてこい」

言うなり右手に提げていた清芽のタオルを奪い取り、ゴシゴシと乱暴に頭を擦《こす》られる。こちらが狼狽《ろうばい》しようが抵抗しようが、まるきりお構いなしだ。もともと唐突な行動を起こす男だったが、日を追うごとに遠慮がなくなっている気がする。

「あいつらの態度なら気にするな。あれは本心じゃない」

「え？」

顔が赤くなりませんように、と懸命に気を張っていたら、不意に凱斗の手が止まった。

「おまえは足首を摑まれた程度だが、他の奴らはそのまま引っ張られて一度は湯に沈められている。俺もそうだ。あのバスルームにいる奴らは、少々性質《たち》が悪い」

「やつ……らって……」

まさか、霊は複数いたのか。

予想もしていなかった事実に、問い返す声が恐怖で上ずる。凱斗は仕上げとばかりに再び手を動かしながら、事も無げな様子で続けた。

「姿は現さないが、恐らく四、五人はいる。皆、水場で死んだ霊だ。屋敷の瘴気《しょうき》に惹かれて集まった、浮遊霊どもだな。もっとも、危うく溺《おぼ》れかけた煉が腹を立てて一度に祓《はら》ったから、今は綺麗《きれい》なもんだ。おまえも、もう怖がる必要はないぞ」

「な……それを先に言えよ！」

だったら今日はバスタブに浸かったのに、と恨めしく思ったが、風呂くらいでガタガタ言うのも大人げないので何とか堪《こら》える。タオルの隙間《すきま》から見返す凱斗は、そんな清芽の気も知らないで、グルーミングを終えたブリーダーのように満足げな顔をしていた。

「……何だよ?」

「ん?」

「あ、あんたが……人の顔を見てニヤついてるから……」

居たたまれない思いにかられ、もういいよ、と乱暴に手を振り払う。以前から薄々感じていたことだが、少々の取っ付き悪さはあるものの、凱斗はかなり面倒見の良い男だった。

「二荒さんってさ、カノジョとかにもこんなことするの?」

「はぁ? 何だ、唐突に」

「え、や、その……マメっていうか、よく気がつくっていうか。ほら、俺が庭で寒がっていた時だって、何も言わなかったのにジャケット貸してくれたし」

「よく気がつく? ああ……そりゃそうだろうな」

何が可笑《おか》しいのか、そう言って凱斗はくすりと笑う。よく見るふてぶてしい笑みではなく、何となく気の抜けた柔らかな表情だった。

「俺は、ずっとおまえを見てきたんだ。何だってわかるさ」

「え?」

一瞬、何かと聞き間違えたかと思う。

それくらい、さりげなく爆弾が落とされた。

「な……ッ……それ、どういう……」

「さぁな。どういう意味だろうな」

「ふっ、ふざけんなよっ」

完全に遊ばれている、と頭にきたが、ムキになっても体《てい》よくあしらわれるのは目に見えている。要するに、こちらは上手く隠しているつもりでも、ぎこちない態度はバレバレだったのだろう。どこまで見透かされているかはわからないが、面白がられているのだ。

「あんたの軽口って、何か意地悪だ……」

つい恨めしい気持ちになり、唇からぽろりと本音が零《こぼ》れ落ちた。

「ずっと見てきたとか、何でもわかるとかさ。そういうの、俺が喜ぶと思って言ってんの？」

「葉室……？」

「……困るよ。俺、冗談で流せるほど器用じゃない。真に受けてオロオロして、どうしようどうしようって今も焦ってるんだよ。それでなくたって、二荒さんが何を考えてるのか全然わかんないのに。大体、あんたは初対面から胡散臭さ全開だったじゃないか」

「それは……まぁそうだな……」

「あっさり認めるなよ！」

何か適当な言い訳でもして、さっさと話を切り上げてほしい。内心そう願っているのに、どういうわけか凱斗は真面目に聞いている。お陰でますます引っ込みがつかなくなり、清芽は途方に暮れてしまった。

「――本当だよ」

「え……？」

やるせなく俯《うつむ》いた清芽へ、静かな声が届けられる。

仄《ほの》かな情熱を帯びた一言が、優しい雨のように心へ沁みてきた。

「本当って……何が……」

「俺は、おまえをずっと見てきたんだ。清芽、おまえのためなら何だってしてやる」

「う……そ……」

「嘘なもんか」

「…………」

続く言葉を失って、清芽はただ唖然《あぜん》とするばかりだ。けれど、じわじわと胸を支配する感情には覚えがあった。真っ直ぐにこちらを見据《みす》え、真摯《しんし》な眼差しで自分を映す、凱斗の瞳に不思議な懐かしさがこみ上げてくる。

「俺……二荒さんに、どこかで会っていたっけ……？」

そうだ、と最初の出会いを思い出した。一本の傘の下、戸惑いながら彼と並んで歩き出した時、清芽は確かに「懐かしい」と感じたのだ。けれど、強い警戒心に押し流され、淡い感覚はそのまま消えてしまった。

「二荒さん……？」

「くそ、失敗したな」

言うが早いか、もう限界だとでもいうように凱斗が視線を外す。よく見れば、その顔には苛立ちとも照れとも取れるような、複雑な表情が浮かんでいた。

「おまえが予想外に懐《なつ》くから、うっかり口を滑らせた。一生、言わないつもりだったのに」

「な……っ、俺のせいかよっ？」

「そうだ、おまえのせいだ。それに、普通は引くところだろ。ストーカー呼ばわりしたって、おかしくない場面だぞ。おまえ、気味悪くないのか？　男にずっと見守られてたって、何も嬉しいことなんかないだろうが」

「そこまで自虐《じぎゃく》的にならなくても……」

多分、凱斗は猛烈に後悔しているのだ。清芽が軽口を冗談で笑い飛ばすか、聞かなかった振りで流していればまだしも、真剣に受け止めて「困る」なんて言うとは思わなかったのだろう。

（そうだよな。確かに、二荒さんが言ったみたいな反応が一般的だもんな）

自分の心に疾《やま》しい部分があるせいで、余計に事態をこじらせてしまった気がする。けれど、凱斗が自分を昔から知っていた、というのは紛れもない事実のようだ。

「あの……二荒さん」

「何だよ」

つっけんどんな返事に、凱斗がたまらなく気まずい思いでいるのがわかる。けれど、徐々に清芽の中では嬉しさが広がりつつあった。少なくとも、彼にとって自分は「どうでもいい存在」ではなかったのだ。どんな理由があるにせよ、それだけは確かだ。

(それに、さっき俺のこと〝清芽〟って呼び捨てにした……よな)

呼び方が違うだけで、一足飛びに距離が近くなった気がする。我ながら(どうかしてる)と思うが、相手が凱斗だからこそ感じる高揚だった。

「俺、後から言うのもアレなんだけど、雨の中で二荒さんに会った時、一瞬だけ懐かしい気持ちになったんだよ。でも、あんたみたいな目立つ人、会っていたら忘れるわけないし」

「…………」

「なぁ、どうなんだよ。俺たち、会ったことあるのか？　なぁ？」

「あー……うん、そうか。そう、だよな」

妙に歯切れの悪い調子で、凱斗が白々しい声を出す。どうやら、答えたくないようだ。しかし、ここであっさり引き下がりたくはなかった。

「もしかして、俺を今回巻き込んだことと関係がある？　今は話せない、みたいに言っていたけど、二荒さんは俺に何をさせようとしているんだ？　そろそろ教えてくれないかな」

「だから、それは……」

「俺自身が変わることに意味がある、そんな風に言ったよな。でも、それなら尚更、俺を蚊帳《かや》の外に置くのは違うんじゃないの。なぁ、俺は〝逃げない〟って決めたんだ。実家からも葉室家の血からもずっと逃げ続けてきた俺に、そう決心させたのは二荒さんなんだよ?」

「清芽……」

「あんたが、俺を認めてくれたから。俺をまるごと肯定してくれたから、腹を括《くく》ることができたんだ。霊感のない役立たずなりに、自分の役目を見つけたいって」

熱心に訴えているうちに、どんどん胸が熱くなってくる。自分の発する言葉で立ち位置を確認し、しっかり踏みしめようと気慨が湧いてきた。それには、やはり全部を知っておきたい。

「清芽、俺は……」

ようやく、凱斗が口を開いた。だが、目線は清芽を通り越し、部屋の隅へと向けられる。

「何か……いるの……?」

息を詰めて、訊いてみた。いや、とすぐに否定されたが、嘘をついているのは明白だ。よせばいいのに堪えが利かず、清芽も彼の視線を追ってみた。

「…………」

板張りの床からゆっくりと、二つ並んだベッドの下へ。隙間の暗闇は二十センチほどで、大人が潜り込める余裕はなかった。心霊ネタでは定番の場所だが、予想したような怪しい影は見当たらない。ホッと短く息をつき、そのまま右に移ろうとした時だった。

「見るな」

咄嗟《とっさ》に腕を摑《つか》んで引き寄せられ、凱斗の胸に倒れ込む。同時に頭を抱え込まれ、身動きが取れなくなってしまった。

「な……に……」

「あまり、見目の良いものじゃない」

不吉な一言に、ゾッと背筋が凍りつく。あそこに——何か良くないモノがいる。

「……どんなの」

「聞きたいか？」

沈黙で肯定すると、軽く溜め息をついてから凱斗は答えた。

「初日にこの部屋にいた、黒焦げの男だ。顔半分が溶けているようだ。多分、落雷に遭ったとかいう不動産屋だな。しばらく姿を消していたのに、戻ってきやがった」

窓際なら黒焦げの男。壁際なら長い髪の女。

どっちがいい？　と尋ねた声を、清芽は怖気《おぞけ》と共に思い出す。

「こ、こっちに気づいたかな」

「さぁ……怖いのか？」

「当たり前だろっ。こっちはあんたとは違って、慣れてな……」

思わず反論しかけた言葉を、慌てて途中で呑み込んだ。

「ごめん……」

「別に構わない。気にするな」

失言に項垂《うなだ》れていると、うなじに笑んだ気配を感じた。だが、甘くなりかけた気分をかき消すように、ずるり、ぺちゃ、と嫌な音がする。何だろう、と怪訝《けげん》に思ったが、とにかく生理的に不快な響きだ。譬《たと》えるなら、薄く伸ばした皮状のものが濡《ぬ》れて張り付いたような音だった。

ずるり、ぺちゃ。

ずるり、ぺちゃ。

部屋の隅から、音と一緒に少しずつ腐臭が近づいてくる。

「ふ、二荒さん……」

「大丈夫だ。こちらが無視していれば、悪さはしない。だが、少々厄介な霊だ。自分が死ぬ時に味わった苦痛を、訴えたくて仕方がないんだ。気をつけろよ。反応したら取り憑《つ》かれるぞ」

「……うん」

怖くて叫び出したいのを必死で抑え、ギュッと凱斗の胸にしがみついた。

今まではどんな霊がいると言われても、視《み》えないので気楽だった。だが、一度どんなものか知ってしまうと、刻まれた記憶に恐怖が根を下ろす。それは五感を通してあっという間にはびこり、気づいた時にはすっかり囚《とら》われているのだ。

ずるり、ぺちゃ。

ずるり、ぺちゃ。

「清芽、さっきの話だが」

気を紛らわせてくれるつもりか、凱斗が先刻の話を蒸し返した。

「俺とおまえは、確かに一度だけ会っている。けど、おまえが覚えていなくても無理はない」

「どうして……」

「あの時、おまえはまだ五歳かそこらだったんだよ。俺は十三歳だった。ちょうど、Y県の遠戚の家へ預けられて、最初の夏だったな」

「Y県って……じゃあ、俺の実家の？」

「ああ。今はおまえの町と合併したが、当時は隣の市だった。そこから、たまに『御影《みかげ》神社』へ通っていたんだ。俺に、視える力を抑える術《すべ》を教えてくれたのは、おまえの父親だ」

そうだったのか——謎だったピースの幾つかが、今の話でかちりと収まる。それなら、彼が『御影神社』や明良《あきら》について詳しいのも当たり前だ。

「俺、神社関係のことからは、なるべく離されて育ったんだ」

今の凱斗は、はたしてどんな顔をしているのだろう。

目線を上げて確かめたいのを我慢して、清芽は話した。

「部屋も俺だけ増築した棟だったし、拝殿や本殿にもあまり近づくなって言われて。でも、境《けい》内《だい》ではよく明良と遊んだから、その時に会ったのかな」

「おまえ、俺に持っていたお菓子をくれたんだよ」

「え？」

「イチゴ味のロケットチョコ。大好きなんだって言いながら、俺の手のひらに降らせて」

「じゃあ、あのチョコってそれで？　まさか、今でも俺の好物とか思ってた？」

「うるせぇな」

素っ気なくかわされたが、彼が柄にもない駄菓子を持ち歩いていた理由は間違いなくそれだろう。うわ、と清芽は頬《ほお》が熱くなり、恐怖とは別の意味で凱斗に抱きつきたくなった。

「ああ、もう。だから、言いたくなかったんだよ。清芽、絶対に笑うだろう」

「笑わないよ」

そう答える声が、もう微《かす》かに震えている。だが、笑顔になる直前に「あの音」がぐっと近くに迫ってきた。

ずるり、ぺちゃ。

ずるり、ぺちゃ。

「…………」

「清芽、よく聞いてくれ。おまえが育った環境は特殊だ。能力を持つ者と持たざる者、どちらにも枷《かせ》が付き纏《まと》う。おまえと明良は、表裏に分かれた御影の宿命だ」

「え……？」

ずるり、ぺちゃ。

ずるり、ぺちゃ。

「それって、その……」

「そうだ。おまえには、明良にはない力がある。俺は、そのことをおまえに自覚してもらいたくて、今回の依頼に巻き込んだんだ。これればかりは、言葉でいくら説明しようがきっと納得しないだろうからな。その代わり——俺は決めた」

抱き寄せる手に一層の力を込め、どこへもやるまいというように凱斗は宣言する。

「おまえに、傷一つ負わせない。必ずあいつから守り抜いてやるって」

ずるり。

ぺちゃ。

——音が止んだ。

凱斗の指が緊張に強張《こわば》り、何かをジッと見ている気配がした。清芽はきつく目を閉じたまま、必死に息を殺してやり過ごす。何とか気を散らそうとしたが、無駄な足掻《あが》きだと悟った。

背中に、「何か」がいる。

腐臭を放ちながら、ゆらゆらと立っている。

「怯《おび》えるな、清芽」

いつもと変わらぬ淡々とした口調で、凱斗が低く囁《ささや》いた。僅《わず》かに息を吐き、うんと答えようとした直後、壊れた楽器のような声が凄《すさ》まじい苦痛を訴えてくる。

「……と……ヶる……かヲォ……た……スケ……」

じゅぶじゅぶと粘り気のある音に、思わず吐き気がこみ上げる。男が一声発するごとに、口内で腐った肉が溶け落ちるのが想像できた。

「たァ……す……とヶ……るよォ」

顔が溶ける。腐っていく。絶望と嫌悪にまみれた悲鳴が、ごぼごぼと溢《あふ》れ出す。

タスケテ。タスケテ。顔が焼ける。喉《のど》が燃える。ケロイドが腐って滴っていく。臭い。臭い臭い臭い臭い臭い。タスケテ。クサイ。クサイヨォ。クサイクサイクサイクサイクサイ。

「ふ、二荒さ……」

「大丈夫だ。相手にするな」

耐え難い苦しみの呻《うめ》きに、大声で耳を塞ぎたくなった。だが、危うい均衡を保つ今、空気を揺らすことさえ恐ろしい。かろうじて正気を保ちながら、清芽はひたすら身を固くした。

(早くどっか行け、早くどっか行け、早く早く早く――!)

やがて。

永遠とも思える数分間が過ぎた後、再びあの音が耳へ流れ込んできた。

ずるり、ぺちゃ。

ずるり、ぺちゃ。

すぐ横を、猛烈な腐臭が漂っていく。それまで決して目を開けなかった清芽は、黒焦げの男が去っていくのだとわかり心の底から安堵《あんど》した——が。

「バカ、まだ目を開くな！」

凱斗の制止は、一瞬遅かった。うっかり気が緩んで瞼《まぶた》を開き、眼前でこちらを覗《のぞ》き込んでいる男とまともに目が合ってしまう。いや、正確にはかつて目だった黒い穴だ。右の眼球は焼けて汁だけが残り、左は眼窩《がんか》の周辺が煤《すす》けて炭になっていた。

「ひ……」

悲鳴が、喉に張り付く。

心臓がバクバク音をたて、急速に血の気が下がっていった。

「ぅアァ……」

男が、大きく口を開いて呻く。ぺちゃ、とあの音がした。腐った頬肉が垂れて、ボロボロに焼け焦げた服に染みを作る。男はそれが悲しいのか、爛《ただ》れた闇からぼたぼた腐汁を零した。

「ぅあぁァあァ」

「ふ……たら……」

「おああああああああああああああああああああ」

「二荒さん——ッ！」

「ちっ」

舌打ちと同時に、凱斗が素早く左手を男へ突き出す。同時に手のひらで赤い閃光《せんこう》が弾け、あまりの眩《まぶ》しさに清芽は反射的に目を閉じた。

どれくらい、そうしていただろう。

ひどく長い時間に感じたが、もしかしたらほんの数秒だったかもしれない。あれほど充満していた腐臭が、一掃したように綺麗にかき消えていた。

「……おい。もういいぞ、目を開けても」

「今の……何……」

「何って?」

「あんたが、変な光を出して……」

「ああ、非常時だったからな」

おそるおそる開いた視界に、苦笑いで嘆息する凱斗の顔が映る。何が起きたのかと周囲を見回してみたが、黒焦げの男は影も形も無くなっていた。

「あんた……何したんだよ」

清芽の問いに、凱斗は面倒臭そうに左の手のひらを眼前で振る。

「それって……」

そこには、見覚えのある文字が黒いペンで書かれていた。とはいえ、半分ほどは線が滲《にじ》んで判別不可能になっている。

「この間、櫛笥《くしげ》さんが床に陣を描いた時の……」

「そうだ、よく覚えていたな。こいつは、霊を滅する時に用いる呪文字だ。通常は陣で捕縛した後、この呪文字で除霊する。けど、この呪術は櫛笥家のお家芸で俺には専門外だからな。一度しか通用しないつもりで、万一の用心に奴から仕込んでおいたんだ」

「仕込んでおいたって……そんな簡単に」

「バカ言うな。そんな簡単じゃないんだぞ。一度は相手に触れなくちゃならないし、コピーを失敗すれば呪詛《じゅそ》返しを食らうのはこっちだからな。ま、諸刃《もろは》の剣《つるぎ》だよ」

「じゃあ、切り札だったんだろ？　良かったのかよ、使っちゃって」

「しょうがない。あのままだと、おまえパニックを起こしていたかもしれないし」

「う……」

確かに、それは否定できなかった。何しろ、あそこまでグロテスクな霊を間近にしたのは初めてだったのだ。できれば、記憶から抹消してしまいたい。

「あ……ありがとう……」

「どういたしまして」

不甲斐《ふがい》ない我が身を恥じつつ礼を言うと、「気にするな」と頭を乱暴に撫《な》でられた。

「けど、やっぱり寝室に出入りされるのは落ち着かないな。今更だけど、結界張っておくか。いちいち除霊してたんじゃ体力もたないし」

「あのさ、変なこと訊くけど」

「ん？」

「あんた、本当に人間……なのか？」

「…………」

清芽にしてみれば、精一杯真剣に訊いてみたつもりだった。それほど、凱斗の特化した能力は異端に思える。人に自分の力を貸したり、他人の力を自分へ移したりするなんて、霊能力とはまったく違う次元ではないだろうか。

しかし——しばしの沈黙の後、凱斗は弾かれたように笑い出した。清芽の初めて見る、屈託のない笑い顔だ。

「何だよっ。笑うなよッ」

「おまえ……俺が人間でなかったら、何だと思っていたんだ。幽霊か？　式神か？」

「べ、別にそういうわけじゃ……」

「……人間なのか、とは予想の斜め上だった」

くっくと愉快そうに喉を震わせて、凱斗はまだ笑っている。そこまでウケなくても、と憮然《ぶぜん》としたが、お陰で先刻までの恐怖は綺麗さっぱり失せていた。

「もし、俺が人間ではなかったとしても」

「え……？」

さんざん笑った後、凱斗が緩やかに表情を変える。

その目に愛おしい熱を浮かべ、彼はそっと清芽の頰へ指先を滑らせた。

「俺は、おまえの味方だよ。清芽」

「味方……」

「誓いは違えない。おまえを、あいつに喰わせたりするものか」

深く真っ直ぐな眼差しは、一片の濁りもなくこちらを見つめている。危うく吸い込まれそうになりながら、清芽はおずおずと頷《うなず》いた。

触れられている頰が、やたらに熱い。

誓いを述べた声音の心地好《よ》さが、いつまでも耳の奥をくすぐるようだ。

(あ〜もう、しっかりしろ。何、女の子みたいにポーッとなってんだ！)

熱烈な言葉だったが、「好きだ」と言われたわけではなかった。いい気になっていたら、後で辛《つら》い思いをするのは自分だ。

「あ、そうだ。おまえチョコ食うか？」

「へ？」

やたら盛り上がってしまった雰囲気を、わざとらしく凱斗が壊す。内心落胆はしたものの、すぐに清芽も気を取り直した。恋にはならなくても、凱斗が側にいてくれる事実は変わらない。

たとえ期間限定でも、充分に幸せなことだった。

「ほら、口開けろ。リラックスするぞ」

自分で食べる、と言いたいのだが、どうも凱斗は食べさせるのが好きなようだ。最初の出会いが五歳なら、彼の中で幼いイメージが抜けないのだろうか。

しょうがないな、と苦笑して口を開けた。この際、もう気分は餌《えさ》を貰《もら》う雛鳥《ひなどり》だ。

ところが。

「……何？」

いつまで待ってもチョコは放り込まれず、何なんだよ、と口を閉じる。てっきりからかわれたのかと思いきや、凱斗は指先でチョコを摘んだまま、呆《ほう》けたように佇《たたず》んでいた。

「あ、いや、何でもない。おまえが……」

「俺が？」

「……あんまり素直に口を開けるから」

「はぁ？　開けろっつっといて、何なんだよ。てか、俺だけバカみたいじゃないか」

「うるさいな。悪かったよ、ほら」

逆ギレのように差し出され、少々ムッとして口を開ける。だが、ふと悪戯《いたずら》心を起こした清芽は、そのまま凱斗の指ごとチョコをぱくっと含んだ。

「おいっ」

案の定、凱斗はひどく慌てている。いい気味だ。

「おい、清芽。ふざけるな、放せって」

「ふふん」

いい気分でほくそ笑み、素早く凱斗の右手首を摑んで引き抜けないようにした。そうして、銜《くわ》えた指先に舌をちろちろと這わせてみる。

「……ッ……」

「お……まえ、なぁ……ッ」

意外にも効果があったらしく、凱斗の目元が朱に染まった。怒っているかな、と上目遣いに窺《うかが》うと、思い切り不機嫌な目つきを返される。だが、こうなると清芽の方も、中途半端に止めるわけにはいかなくなってしまった。

唇をすぼめて軽く吸い、爪から螺旋《らせん》を描いて舌を絡ませる。甘嚙《あまが》みしながら少しずつ大胆に愛撫《あいぶ》を広げていくと、ぴくりと凱斗の身体が動いた。反応している、と思うだけで、むず痒《がゆ》い高揚が清芽の全身を包む。

「ん……」

自分の舌が、凱斗を翻弄《ほんろう》しているのだ。滅多に取り乱したり慌てたりしない男が、自分の動かす舌に動揺している。初めはおふざけにすぎなかったのに、今や清芽は夢中だった。

「んん……ん……」

呑み込んだチョコの代わりに、もっと奥まで指を含む。第二関節から爪まで舐《な》め上げ、また尖《とが》らせた舌先で舐め下ろした。動きに緩急をつけ、ねっとりとねぶると、次第に凱斗の眉間《みけん》に皺《しわ》が寄るのが面白かった。

「おまえ……いい、加減に……しろよ」

漏らす声音に吐息が混じり、掠《かす》れる語尾はぞくぞくするほど色っぽい。

もっと聞きたい、と清芽は思った。

相手の息の乱れに耳を刺激され、いつしか我を忘れて指に貪《むさぼ》りつく。

触れてくれたらいいのに――ふと、そう思った。この指で、彼も自分に触れてくれたらどんなに気持ちがいいだろう。不透明な恐怖も、理不尽な戸惑いも、この指ならきっと全部溶かしてくれる。

「二荒さん……」

上ずる声音で呼んだ瞬間、唇の端から唾液《だえき》が伝い落ちた。凱斗は無言でこちらを見下ろし、もどかしげに瞳を歪《ゆが》める。それは嫌悪ではなく、溢れる衝動に溺れかけた顔だった。

「…………」

動かしかけた唇が、何かを堪えるように止められる。その代わり、ゆっくりと清芽の視界に影が落ちてきた。指をそっと抜きながら、凱斗が屈《かが》んで顔を近づける。桃色の舌が生き物のように現れ、あ、と思う間もなく顎《あご》から唇の端まで舐められた。

「お返しだ」

啞然としている清芽に、凱斗はそう言ってニヤリと笑んだ。

続けて、掠めるように短く唇を重ねる。キスと認識する間もなく温もりは離れ、何が起きたのかわかった時にはすでに背中を向けられていた。

「い、今の……」

「風呂、入ってくる。ついでに結界を張っておくから、安心して先に寝てろ」

「…………」

何だか煙に巻かれたようで、清芽は返事もできずに立ち尽くす。

今のは何、と訊きたかったが、しつこく食い下がることはできなかった。

「はぁ……」

凱斗が部屋を出て行き、一人になってようやく理性が戻ってくる。途端に、全身が羞恥《しゅうち》に火照《ほて》り始めた。悪ふざけの度が過ぎたのは認めるが、お返しにキスするのは反則だろう。それとも、それだけ物欲しそうに見えたのだろうか。

「まずい。浮かれて調子に乗り過ぎた……」

改めて思い返すと、己の大胆さに目眩《めまい》がしそうだ。何であんなことを、と自身へ問うてみても「したかったから」としか答えようがない。

「だからって……キスは別だろ……」

数秒、唇が重なっただけだ。あんなのは、キスとは呼ばないのかもしれない。

だけど——清芽は、そっと唇を指でなぞってみた。慈しむ余裕さえなかったが、凱斗の熱が残っていやしないかと無意識に期待してしまう。だが、バカな真似《まね》をしている、とすぐさま我に返り、彼が戻ってくる前に寝るのが一番だと思った。

「ん?」

自分のベッドへ行こうとして、ふと放り出されたままの携帯電話に目が留まる。先ほど、凱斗が弄っていたやつだ。まだ繋《つな》がらないのかな、と呟いた瞬間、まるで見計らったかのように突然呼び出し音が鳴り出した。

「び……っくりしたぁ……」

せっかく通じたのに、生憎《あいにく》と持ち主はただいま不在中だ。しかし、電波はまだ不安定なのか数回の呼び出し音の後で唐突にプツリと切れてしまった。

気の毒に。ずっと、電話が来るのを待っていたようなのに。

カノジョがいるのかな、と思ったことを思い出し、何となく複雑な気分になる。ほんの数分前まで目まぐるしく変化していた感情が、今は嘘のように沈んでいた。

「…………」

気にするな、と自身へ言い聞かせ、しばし清芽は葛藤《かっとう》する。他人の携帯を見るなんて、軽蔑《けいべつ》されても仕方ない行為だ。自分はそんなことはしない、絶対にしない、と何十回と胸でくり返している間に、再び携帯が鳴り出した。

今度はメールだったのか、着信音が違っている。液晶に表示された送信者の名前と、最初の数行が嫌でも目に入ってきた。だが、次の瞬間、清芽は我が目を疑う。

「な……んで……」

画面がスリープモードになった。けれど、消えた文字は瞼にしっかり残っている。

「なんで……明良が……」

間違いない。表示の名前は葉室明良だった。でも、どうして。

「明良と……二荒さんが……」

清芽は混乱した。二人が知り合いだなんて、一言も聞いていない。これまで会話の中で何度も名前が出てきたにも拘《かかわ》らず、凱斗は本人と交流があるなんて素振りは見せなかった。

『電話はダメか。兄さんの様子はどう?』

名前に続いてメールの冒頭が読めたが、その内容も更に謎だ。

明良には、今回の仕事について何も知らせてはいない。それなのに、凱斗が行動を共にしているとわかっているような書き方だった。つまり凱斗が明良に話したか、初めから彼も承知の上でバイトに誘われたか、そのどちらかなのだ。

「じゃあ、何で黙っていたんだよ。別に、隠す必要なんかないじゃないか」

おまえと明良は、表裏に分かれた御影の宿命だ。

そう、凱斗は言っていた。聞いた時は何の話をしているんだろう、と思ったが、清芽を巻き込んで「明良にはない力」を自覚させるとか、まったく意味がわからない。けれど、もし明良がその計画に噛んでいるなら、二人が連絡を取り合っていても不思議はなかった。

「俺に……何をさせる気なんだよ……」

ミツケタ。

あいつと自分には何か因縁があるのかもしれない、と凱斗は言っていた。もし幼い頃に明良の視た「頭の取れた男」が同じ霊だったとしたら、ここまで清芽を追ってきたことになる。だが、今回の依頼は屋敷にもともと憑いている怨霊《おんりょう》を祓うという名目だった。それなら、ここで偶然あいつと再会したことになるんだろうか。

いや、まさか。

清芽は、即座にその可能性を否定した。そんな都合の良い偶然があるものか。恐らく、凱斗はあいつがここにいると知ったから自分を巻き込んだのだ。そして、あいつが凄まじく危険な存在なのを憂慮して、清芽を守るために一緒にきた。

一体、その目的は何なのだろう。あいつは、どうして自分に執着するのだろうか。

契約の期限は、あと三日だった。その間にはたして全ての答えが出るのか、そんなことはわからない。ただ、凱斗と明良に繋がりがあったこと、そしてそれを彼らが隠していたという事実は少なからず清芽を打ちのめした。俺はあいつらの操り人形じゃない、そう思った。

しかし、清芽には落ち込んでいる時間などない。
沈黙の数日間を経て、事態は更に悪い方向へと進んでいたのだった。

7

清芽《せいが》たちが屋敷へ来て五日目。

皆川《みながわ》が昨晩用意しておいてくれた昼食を終えた頃、ジンが珍しく深刻な面持ちで屋敷へやってきた。基本的に、彼は誰かから呼ばれるか用事がある時でないと訪ねて来ないので、顔を合わせるのは三日ぶりになる。

「皆さま、連日のお勤めお疲れ様です」

応接室に場所を移して開口一番、相変わらずの慇懃無礼《いんぎんぶれい》さで彼は恭《うやうや》しく頭を下げた。

「そろそろ、お約束の一週間が迫ってまいりました。いかがでしょう。怨霊は祓えそうでしょうか。私どもも、皆さまには大いなる期待を寄せております。また、言いたくはありませんが今回の除霊に関して多くの経費もかけてきました」

「…………」

誰も、複雑な表情で口を閉じている。日頃は煩《うるさ》い煉《れん》ですら、難しい顔をしたままだ。確かに多額のギャラを前払いで貰い、滞在に当たっては屋敷内の支度まで整えてもらった。しかし、それに見合った働きをしているかと言えば、全員が沈黙せざるを得ない。

「やっぱり、呼び出した方が早いんじゃないかと思うんだよね」

「櫛笥《くしげ》さま……」

腕を組んだ姿勢で、櫛笥が最初に切り出した。その左手には、まだ包帯が巻かれている。煉と尊《たける》はもう包帯や眼帯を取り、絆創膏《ばんそうこう》で済ませているのだが、手当てをしている皆川に言わせると「傷口が、なかなか塞がらない」んだそうだ。

「最初の二日は連続であいつからお出ましになったけど、どういうわけか、その後はぴたりと暴れなくなった。術を使っての召喚《しょうかん》は危険だから見送ってきたけど、もうそういうわけにはいかないんじゃない？　仕事で来ている以上、こっちからも仕掛けなきゃ」

「櫛笥さまはこのように仰《おっしゃ》っておいでですが、皆さまのご意見は？」

青白い顔に描いたような笑みを張りつけ、ジンがぐるりと一同を見回した。

「いかがですか、葉室《はむろ》さま。今のご意見、どうお考えでしょう」

「え、俺ですか？　えっと……俺は……」

返答に詰まった清芽は、ちらりと横に立つ凱斗《かいと》を窺う。実を言えば、昨晩明良《あきら》からのメールを目にしてしまってから彼とは上手く会話ができていなかった。詰問しようかとも思ったが、いつもの調子で煙に巻かれるのでは、と気後れしてしまい、何も言えなかったのだ。

（だって、へらっとごまかされたりしたら嫌だし……そもそも俺には断片的な情報しかないんだから、言い合いになったら絶対に不利だ。だからって、ガキみたいに喚《わめ》いたところで問題は解決しない。だけど……だから……）

ああまただ、と溜め息が出る。こうやって一人で悶々《もんもん》と考え続けて、結局はろくに眠ることもできなかった。こちらの微妙な態度の変化に、凱斗もきっと気づいているはずだ。

（それなのに、完全に無視かよ）

風呂から戻ってきた彼は、明良からの着信とメールを見てすぐまた部屋を出て行った。十分ほどで帰ってきたが、ぎこちなく寝たふりを続ける清芽に「おやすみ」と声をかけただけで、そのままさっさとベッドへ入ってしまったのだ。何か一言でも言い訳してくれれば、と望みを抱いていた分、清芽は激しく失望した。

「呼び出すって言っても、方法はどうするんだ？　櫛笥の術は効かないし、尊の降霊も難しいんだろう？　他に手段があるなら、とっくに試しているはずだ」

清芽に代わって、凱斗が無愛想に口を開く。もっともな意見に、再び皆が黙り込んだ。しかし、契約終了まで指を銜えているだけでは一流霊能力者の名が廃《すた》る。

「ねぇ、やっぱり陣を組むのがいいんじゃない……かな？」

おずおずと、遠慮がちに尊が発言した。その途端、ざわっと空気が変わる。

「陣を組む……か。う～ん、確かにそれしか方法はないかも」

「櫛笥ッ！　てめ、適当な相槌《あいづち》打ってんじゃねぇよ！　大体、俺たち陣なんか一度も組んだことなぃんだぞ！　一発勝負なのに上手くいくわけないじゃねぇか！」

「まぁ、それは仕方ないよね。僕たち、普段は他の霊能力者と協力して事に当たったりしないんだから。大体、生まれつき特殊な能力があるって時点で、他人とか社会と溶け込んでやっていけるようにはできていないんだ。協調性ゼロ、自己主張は激しくプライドは高い。そう、僕の目の前にいる誰かさんみたいにね」

「おまえなぁッ」

直球の皮肉に煉は怒り狂い、今にも櫛笥へ飛びかからんばかりだ。それを尊が毎度の如く必死で引き止め、「葉室さんと二荒《ふたら》さんは、どう思いますか？」と尋ねてきた。

「え、俺たち？」

「陣を組んで呪を発動させれば、相乗効果で各々の力も増幅します。ただ準備が必要だし、上手くいく保証もありません。僕も、父親から聞いているだけで実際に試したことはないし」

「やめとけ、尊！　失敗して呪詛返しを食らったら、怪我《けが》どころじゃ済まないぞ！」

清芽が答えるより先に、断固とした口調で煉が反対する。だが、それも無理はなかった。術が強大であればあるほど、反動もまた大きい。子どもの彼らには、致命傷になりかねなかった。

「準備をしている間に、あいつが邪魔をしてきたらどうする？」

一人冷静に、凱斗が口を挟《はさ》んでくる。いつも通りに無愛想で、何を考えているのか表情からは読めなかった。だいぶ慣れたと思っていたが、距離を感じている今は少し胸が痛い。

「邪魔って、襲ってくるってことか？　今までは祓うのが一番の目的だったから、結界を張らなかっただけだろう？　準備が終わるまで、一時的に……」

「御影《みかげ》の兄さん、甘いよ。あんたが来た日のこと、忘れたのか？　俺と尊の部屋、結界張ってたのにあのザマだったんだぞ。護身法も通用しないし、防御で手いっぱいになるのがオチだよ」

「あいつ、何であんなにパワーがあるんだろう……底知れないよ……」

数多《あまた》の霊障を解決し、相当の場数を踏んでいるであろう二人が、それきり暗い顔で口を閉ざしてしまった。さすがに清芽も言葉がなく、凱斗は眉間に皺を寄せて溜め息をつく。

もう手の打ちようがない――重苦しい沈黙が、そう言っていた。

「これから、皆さまに重要な真実をお話しいたします」

やがて、ジンの厳《おごそ》かな声音が室内に響き渡る。

今更何の話だろうと、全員が憂鬱《ゆううつ》な目を彼に向けた。淀《よど》んだ空気は、すでに諦めの気配に満ちている。なまじ除霊経験がないだけに清芽だけは釈然とせず、何か打開策はないかと懸命に考えを巡らせていたが、続くジンの言葉に思考がストップしてしまった。

「実を言いますと、今回集まっていただいたのには除霊以外にも目的があるのです」

「え……」

「除霊以外にも？　何だよ、それ。初耳なんだけど」

たちまち尊の顔色が変わり、煉の目つきが剣呑《けんのん》になる。だが、清芽は不思議と大きな衝撃は受けなかった。この依頼にはきっと裏があると、薄々わかり始めていたからだ。

それでも、凱斗の反応はやはり気になる。険しい横顔は取りつく島もなかったが、清芽の視線に気づくと彼はそっとこちらを見た。その目に微かな熱を感じたのは、都合の良い錯覚だろうか。逃げるように目を逸《そ》らすと、ジンが続けて説明を始めた。

「皆さまには伏せていましたが、今回の依頼人は個人や企業ではありません。この屋敷は、実は『呪術師協会』の所有なのです。霊の溜まりやすい場所として、以前から様々な用途に使用しておりました。N建設に引き渡すのは本当ですが、無論その前に土地を浄化しておく必要があります。そこで、皆さまにはご足労願ったのですが……」

「じゃあ、あいつは何なんだよ？　屋敷に憑いている怨霊じゃないのか？」

「その通りです、煉さま。あれは、憑いているのではなく閉じ込めているのです。すでにお気づきかと思いますが、屋敷から外へ出ないよう、庭に強力な結界が張ってあります」

「…………」

その言葉を聞くなり、煉が息を呑んだ。

勝ち気な瞳に賞賛の色が浮かび、彼は震える声で「すっげぇ……」と感嘆する。

「あいつを、あの化け物を閉じ込めたって？　結界で逃がさないように？　そんなこと、できる奴がいるんだ。俺たちが五人いて、まるきり歯が立たなかったのに……すげぇ……」

「葉室明良さまです」

ニコリと微笑《ほほえ》んで、ジンが明良の名前を口にした。

「そこにいる葉室清芽さまの弟、明良さまが事前に屋敷へいらして、あれを留めたのです」

「明良が……」

この局面で弟の名前が出たことに、清芽は愕然《がくぜん》とする。

だが、心のどこかで、そうではないのか、とも思っていた。庭で櫛笥が「相当な使い手」と言った時、ちらりと明良の顔が浮かんだのだ。

「葉室明良さまは学生弓道の全国大会へ出場されるため、数日東京《とうきょう》にいらしていました。その時、こちらの屋敷であれを祓おうとなさったようです。……葉室さま」

「は、はい」

「あの方は、あなたのお住まいになっているアパートから、ここまであれを引きずりだしたんですよ。あのまま放置しておくのは、良くないと判断されたのでしょう」

「俺のアパートから？　じゃあ、ベランダにいたのはあいつだったのか？」

「やっべ……俺、鳥肌たった……」

「僕も……凄《すご》いよ……」

あいつを元いた場所から引きずり出し、屋敷に封印して結界を張る。

それがどれほど常人離れした力を要するか、煉や尊には嫌というほどわかるようだ。二人は頬を紅潮させ、熱心にジンの話に耳を傾けながら互いの手をぎゅっと握り合った。

「でも、だったら明良さんを呼んだらいいんじゃないですか？　N建設に引き渡せば、屋敷は取り壊されてアウトレットモールができるんでしょう？　そんなことになったら、あいつが野放しになります。どれだけ、災厄を撒《ま》き散らすかわからない」

「残念ながら、それは叶《かな》わないのですよ、尊さま」

痛ましげに頭を振るジンへ、清芽は（もしや）と不安を覚える。反射的に凱斗を見ると、彼は苦い色を瞳に浮かべて言った。

「さすがに、祓うまではいかなかったんだ。しくじった明良は怪我を負った。怪我自体はさほど深刻なものじゃないが、あいつと対峙《たいじ》するのに万全とは言い難い。何とか屋敷に足止めだけをして、仕方なくその足で一旦田舎へ帰ったんだよ」

「だから……あんたが来たのか……？」

「え……？」

「明良に頼まれたから、二荒さんが代わりに来たのかって訊いてるんだよ。そうなんだろ？」

「…………」

違う、と否定してほしい。

「おまえをずっと見てきたんだ」と言った唇で、明良の代理だなんて言葉は聞きたくなかった。凱斗の意志で側にいてくれたんだと、そう信じさせてほしかった。

「俺は……いや、清芽。この話は後だ。ジンは『除霊以外の目的』をまだ話していない。まずは、それを聞くのが先だ。そうだろう？」

「だけど……ッ」

「葉室さま、申し訳ありませんがお静かに願えますか。私の話はまだ済んでおりません」

「す、すみません」

やんわりと注意を受け、羞恥に清芽は赤くなる。そうだった。今は個人的感情で話を進めている場合ではない。明良の怪我も心配だし、これから除霊をどうするのか、皆で相談しなくてはならないのだ。

「さて、この屋敷が協会の管轄下であることは説明した通りです。あなた方には、閉じ込めてある怨霊の排除を二日後までに成し遂げていただきたい。ここまでは、よろしいですか？」

「いいけど、方法が見つからないんだって」

「それは、私どもの関与するところではありません。ただ、協会の上層部はかねてより一つのプランを温めておりました。それが実現可能か不可か、今回の依頼で見極めようという狙《ねら》いもあるのです。そのため、通常は単独で除霊にあたられる方々を一堂に集めました」

「一つの……プラン……」

不可解な表情で、尊が反芻《はんすう》する。あまり良い感じは受けないようだ。彼に限らず、煉も清芽も自然と構えてしまったが、やはり凱斗だけは淡々とした態度を崩さなかった。

「協会では、今後優れた霊能力者をピックアップして試験的にチームを作ろうと考えているのです。一口に霊能力者と言っても能力は様々ですし、互いに協力し合いながら案件に当たれば今までより高い実績が積めるのではないかと、そう見込んだわけです」

「霊能力者の……チームぅ？」

「え、マンガとかアニメの話じゃないの？」

あまりに荒唐無稽《むけい》な提案すぎて、煉と尊はほとんど呆《あき》れ顔だ。中学生の二人なら無邪気に面白がりそうな気もするが、さすがに現実となるとはしゃぐ気持ちにもなれないのだろう。

もちろん、それは清芽も同じだ。

自分は頭数には入っていないだろうが、それを抜きにしても乱暴な計画だと思う。凱斗の反応も気になったが、確かめる前に再びジンが話し始めた。

「我々が特化する能力の違う方々を選んだのは、そういう理由です。ただ、当初は私が適当な怨霊を召喚し、それを祓っていただく予定でした。チームワークを見るのが目的ですから、お一人で簡単に祓えるような雑霊では困ります。どうするべきかと検討していたところ、明良さまがこの屋敷に強力な怨霊を留めたと情報が入りました。つまり、渡りに舟というやつです」

「ふっ……ざけんなよっ。こっちは命がかかって……ッ」

「ええ。ですが、どのみちあれは祓わねばなりません。たとえチームの計画がなかったとしても、皆さまは集められたでしょう。すでにおわかりの通り、あれは化け物です。協力して事に当たらない限り、除霊は非常に困難かと思われます」

「…………」

煉の抗議をさらりとかわし、ジンは温度のない瞳で薄く笑う。

（初対面の時から感じていたけど、ジンさんも不思議な人だよな。摑みどころがなくて、表情もどこか作りものめいているし。何て言うか……生身っぽくないっていうか）

ジンが「依頼人」と呼んでいたのは、協会の上層部の人間らしい。ということは、もしかしたら凱斗の知り合いかもしれない。一体どんな人物なのか、彼に訊けばわかるだろうか。

「……降参。ちょっと頭を整理する」

疲れ切った様子で、最初に煉が音を上げた。

「つまり、アレだろ。何が何でも、俺たちが団結して祓わなきゃなんないってことか」

「でも、どうすればいいのかな。最終手段の陣も組めないんじゃ難しいよ」

「落ち着け。まずは、あいつを足止めする方法を考えるんだ。短時間でも捕縛が可能なら、その間に陣を組むことはできるだろう」

「でも……」

凱斗の意見に、中学生組は小難しく顔を見合わせる。肝心の足止めができないから、話がいつまでもまとまらないのだ。その術をもっとも得意とする櫛笥が失敗している以上、今から他の方法を模索しなくてはならない。

「あれ、そう言えば……」

清芽は、キョロキョロと周囲を見回した。

いつの間にか、櫛笥の姿が消えている。皆で応接室に移動した時は確かにいたのに、一体どこへ行ってしまったのだろう。

「おや、櫛笥さまはどちらへ行かれましたか？」

ジンも気づいたらしく、不思議そうに首を傾《かし》げている。作戦会議とも言える大事な場から抜け出すなんて、理知的で年長者の彼らしくない。何かあったのか、と心配になり、清芽が廊下へ様子を見に行こうとした時だった。

「わあっ！　わぁああああっ！」

「尊くんっ？」

突然の叫び声に驚き、振り向いた視界が炎に染まる。

「え……」

「ジンさん！　ジンさんが！」

ジンが、どうしたと言うのだろう。

燃え盛る紅蓮《ぐれん》の火柱に呆然《ぼうぜん》としながら、清芽は尊の悲鳴を反芻した。ほんの一瞬、目を離した隙にジンの身体を炎が包んだのだ。火だるまになった人影は、その場に縫い止められたように微動だにしない。苦痛の呻きさえ、漏れ聞こえてはこなかった。

「ジンさん！　ジンさん！」

「バカ、尊っ！　おまえまで燃えるぞ！」

完全にパニックになり泣き叫ぶ尊を、煉が羽交い絞めにして止めている。凱斗も手を出す術《すべ》がないのか、ただ絶句して炎を見つめていた。

「ジン……さん……」

骨まで舐めつくす勢いで、焔《ほのお》が大蛇のようにジンを搦《から》め捕る。爆《は》ぜる火花の向こうから、普段と変わらない微笑が清芽の目に入った。

『葉　室　さ　ま』

その途端、頭の中が真っ白になる。

尊の泣き声も煉の怒声も、そうして凱斗の放心した溜め息も――全てが瞬時に遠くなった。

「ジンさん……ダメだ……」

「おい、清芽」

「こっちへ戻るんだ。戻れ！　戻れ――ッ！」

「清芽ッ！」

弾かれたように駆ける清芽を、凱斗が素早く摑んで引き寄せる。一度は体勢を崩したが、すぐに彼の手を払い除けた。それよりジンを助けなくてはと、それしか考えられなくなる。魅入られたように炎へ近づこうとする清芽に、凱斗が再び右手を伸ばした。

「つッ！」

バチッと青白い閃光が走り、彼は顔を歪めて右手を戻す。清芽は構わず炎の前に立ち、無我夢中で両手を前へ突き出した。

「おい、御影の兄さん！　何してんだよッ！」

「やめろ、清芽！　もう遅い！」

「葉室さん！　危ない！」

周囲から悲痛な声が上がったが、そのまま火柱へ踏み込んでいく。清芽が一歩進むたびに炎が割れ、そこに進むべき道が広がった。焼けた空気に毛先が触れ、ちりりと焦げたが不思議と熱くない。完全に外の音が聞こえなくなり、炎の中心はジンと自分の二人だけになった。

「ジンさん、戻ろう」

改めて手を差し出すと、ジンは例によってニコリと微笑《ほほえ》む。

けれど、それは初めて見る、感情のこもった笑顔だった。

「私が、かつて生き物であった頃――」

「ジンさん……？」

「嬉しい、という気持ちを何度か感じたことがあります。あれは、大変良いものでした」

そう言って、彼は恭しく膝《ひざ》を折って頭を下げる。

「それを思い出せたのは、望外の喜び。お礼を申し上げます、葉室さま」

ゆっくりと顔を上げ、ジンはしみじみと声を歓喜に震わせた。

「さすがは、御影の御曹司《おんぞうし》だ」

「え……」

「葉室清芽さま。あなたのお力、最後にこの目で確かめられて光栄です」

その言葉を最後に、ボッと小さく音がしてジンがぺらりと丸まった。

まるで紙屑《かみくず》が熱で巻かれるように、彼はどんどん小さくなっていく。やがて僅かな消し炭となり、ぱらぱらと床に散らばった。

「き……えた……」

手品でも見たような光景に、尊が放心気味に呟く。ジンと共に炎は消滅し、床の焼け焦げと天井の煤がなければ現実とは到底思えなかった。

「……ジンの野郎、式神だったんだな。誰かに祓われたんだ」

止めていた息を一度に吐きだし、煉が苦い声を出す。清芽はまだ信じられず、ただ食い入るように床の消し炭を見つめるばかりだった。

「式神って、一体誰の……」

「決まってるだろ、尊。協会のお偉いさんだよ。俺たちにも見破れなかったんだから、大したもんだよな。きっと、今回のくそバカバカしいチーム計画とやらにも噛んでるんだぜ」

「でも、霊能力者でチームを作るなんて無理だよ……」

問題にもならない、といった口調で、憂鬱そうに尊が零す。

「煉だって、そう思うよね？」

「だよなぁ。個々の能力に差がありすぎるし、他人と足並み揃《そろ》える器用さがあったら除霊稼業なんかやってないっつうの。それより、誰がジンを祓ったのか。そっちの方が、今の俺たちには重要なんじゃねぇ？」

「……おい」

二人の会話をボンヤリ聞いていたら、不意に背中をパンと叩《たた》かれた。凱斗だ。清芽は何度か瞬きをくり返し、ようやく思考の焦点を彼へ戻した。

「い、痛いじゃないか。何するんだよ」

「何するんだ、はこっちのセリフだ。このバカが！」

「バカとは何だよ、バカとはっ」

頭ごなしにバカ呼ばわりされ、ムッとして言い返す。だが、すぐに彼の手が頭に乗せられ、問答無用でわしわしと掻《か》き回された。

「おまえ……どうして、あんな無茶な真似をした」

「二荒さん……」

「お陰で寿命が縮まったぞ。ジンを助けたい気持ちはわかるが、ムチャクチャだ」

「……ごめん……」

頭を撫でる凱斗の指が、ほんの少し震えている。本当に心配かけたんだ、と痛感し、清芽は胸を詰まらせた。昨夜からわだかまっていた気持ちが、撫でられるたびに溶けていく。明良の代理だろうが何だろうが、凱斗は本気で守ろうとしてくれていた。

「しかし……久々に目の当たりにすると、やっぱり凄いな」

「え？」

「わかってるのに、つい俺も身体が動いちまうんだよなぁ。初日の時みたいに」

「…………」

恐れ入った、というように凱斗は嘆息するが、何を言われているのか清芽にはさっぱりだ。けれど、「初日の時みたいに」という言葉には何かが引っかかった。

(そうだ。二荒さんが俺を庇《かば》ってくれた時、お礼を言ったら変なこと言われたんだ)

おまえを庇うなんて、俺もバカな真似をしたもんだ。

その時は単なる嫌みかと腹を立てたが、もしやあれには意味があったんだろうか。

「あんたさ、何者なんだよ」

やっと凱斗の気が収まり、解放されるのを待って煉が怪訝そうに尋ねてきた。

「あんだけ燃え狂った火の中に飛び込んで、何で火傷《やけど》もしてねぇの。おかしいだろ」

「え……と……」

「僕、見てました。炎が葉室さんを避けていくの。不思議な光景だった」

「た、尊くんまで……」

　ジッと四つのつぶらな目を向けられて、清芽はたちまち返事に詰まる。そもそも、説明などできるわけがなかった。ただジンを助けなきゃ、という思いだけで、危ないとか怖いとか感じるヒマさえありはしなかったのだ。

「葉室くんは、義侠心《ぎきょうしん》に溢れているんだねぇ。弱きを助け強気を挫《くじ》く。そういう気質が、人一倍強いんだろうね。ああ、そうだ。僕も庇われたっけ。そこの生意気なガキに悪し様に言われた時、君は僕のために怒ってくれたよねぇ」

　突然、ねっとりとした口調が割り込んできた。間違いない、櫛笥の声だ。

「櫛笥さん？　どこですか？」

「あれ、感激したなぁ。嬉しかった。僕のために怒ってくれるなんて、優しい子だと思ったんだよ。優しくて、素敵な御馳走《ごちそう》だ。僕の御馳走。誰にもあげないよ。だって、やっと……」

「櫛笥！」

「――見つけたんだから」

　凱斗の怒鳴り声に、ひび割れた笑い声が重なった。不吉な不協和音は室内を駆け巡り、至るところで反響する。頭が痛くなりそうだと顔をしかめた時、「いた！」と尊が叫んだ。

「く……しげさん……」

「嘘だろ……」

皆の口から、思わず呆けた声が漏れる。

煤けた天井の隅に、ニヤニヤ笑いながら男が逆さまに蹲《うずくま》っていた。重力を無視した格好で一同をねめつけているのは、眼鏡《めがね》こそかけていないが櫛笥本人だ。

「櫛笥……おまえが、ジンを祓ったのか」

あまりの衝撃に皆が言葉を失っている中、凱斗が射抜くような視線で彼を貫く。抑えてはいるが怒りは隠しきれず、全身を深い憤りが包んでいた。

「何故だ。どうして、そんな真似をした。おまえの目的は何なんだ?」

「そんなの決まってる。櫛笥の野郎、力を誇示したかったんだ。ここへ来てから、術は失敗するし怪我はするしで、全然いいとこないからな。なぁ、櫛笥! てめ、セコイんだよ!」

我を取り戻した煉が、挑発するような口を利く。

櫛笥はぶらんと首を揺らすと、憎悪に満ちた笑顔で「こらこら」と笑んだ。

「煉くんは、頭が悪いなぁ。前にも言ったじゃないか。年長の僕が〝くん〟づけなのに、君が呼び捨てにするのはいただけないなって。そうだろう、尊くん?」

「櫛笥さん……どうして……」

「おや、尊くんは悲しんでくれるのかな。やっぱり、いい子だねぇ」

悲しげに睫毛《まつげ》を震わせる尊を見て、櫛笥はしごく満足そうだ。けれど、その顔に感情や温もりは欠片《かけら》もない。洗練された美貌《びぼう》、品のある優雅な物腰。彼自身は何も変わっていないのに、明らかに以前とは別人だった。眼差しには毒が滲み、禍々《まがまが》しい声音は不安をひどく煽《あお》る。

「どうしてって言われても、ジンはもうここに必要ないからね。あいつがいると、屋敷での行動は協会の連中に筒抜けになる。ま、式神が消滅したことは使い手も感じているだろうし、すぐまた手を打ってくるんだろうけど……そんなのは、どうでもいいんだ。どうせ、連中が乗り込んでくる頃には全部終わってる。君らは死んで、僕は消えてるから」

「櫛笥、おまえ……」

凱斗が低く腰を落とし、攻撃に備えながら真っ黒な目を見据えた。

「おまえ、憑かれたな？」

まさか、そんな。

清芽たちは、今度こそ息を呑んだ。

一流の霊能力者が霊に乗っ取られるなんて、決してあってはならないことだ。そういう事態を避けるために彼らは日々修行し、つけ込まれる隙を作らないよう心身の鍛錬に励んでいる。僅かな気の乱れが命取りになり、いつ悪霊に憑かれないとも限らないからだ。

「あいつが狙うのなら、おまえが一番危ういとは思っていたんだ……くそっ」

「二荒さん、それ本当？　あいつが、櫛笥さんを？」

「ああ。櫛笥には、つけ込まれるだけの闇があったってことだ」

「そんな……信じられない……」

変わり果てた櫛笥を見ても尚、清芽は認めたくなかった。穏やかに笑い、さりげなく優しい言葉をかけてくれた、あの優美な彼にそこまで深い闇があったなんて悪い冗談だ。

「この屋敷へ来た日、おまえが血で陣を描くのを見て〝もしや〟とは思ったんだよ。その後、煉が食卓で毒づいたセリフを聞いて確信した。櫛笥、おまえ……」

僅かにためらい、しかし意を決して凱斗は続ける。

「力が低下しているんじゃないのか。あるいは、ほとんど使えなくなっている。違うか？」

その場が、一瞬で凍りついた。

だが、もしも凱斗の言う通り櫛笥の霊能力が落ちていたとしたら。

その事実に、櫛笥自身が追い詰められていたとしたら——どうだろう。

「おまえは、櫛笥の血統でも抜きん出て高い霊能力の持ち主だ。本来、血を使って術を駆使するなんてリスクの多い真似など必要ない。ところが、ここ最近はマスコミ向けの霊視でも手を抜いていたそうだな。それもこれも、霊感が失せてきているからじゃないのか」

「ひどいことを、さらりと言うねぇ」

くっくと喉を震わせ、櫛笥は自虐的な笑みを顔に張りつかせた。

「おまえ、何なの。ただの祓い屋じゃないだろ」

「何……」

「協会の上層部と繋がりがあるくせに、完全にフリーだなんて嘘が通用するもんか。なぁ、おまえが僕の傷を心配する振りして術を盗んだこと、気づいてないとでも思った？　この泥棒。僕の力を返せ。返せよ！　返せぇぇぇぇ——ッ！」

箍《たが》が外れたように激高し、怨念で赤く染まった目が凱斗を睨《にら》みつける。

怨《うら》みと怒りに満ちた表情は、櫛笥の美貌を醜く塗《ぬ》りつぶしていた。

「僕の絶望が、焦りが、苦しみが、おまえらにわかるか。必死に取り繕い、自らの傷を糧に術を使い、それでも日々衰えていく力にすがりつかざるを得ない惨《みじ》めな気持ちが！」

「櫛笥さん……」

「ああ、そうだ。君ならわかるよねぇ。葉室くん、本当は霊感なんかないんでしょ。それなのに一生懸命ある振りして、気の毒になぁって思ってたんだよ。わかるよね、君ならさ。ねぇ、僕たちは同じマガイモノじゃないか。そうだろ、だからさぁ」

ニィィと口の両端を上げ、櫛笥がべろりと舌なめずりをする。

「僕に喰われてよ」

「清芽！」

叫び声と同時に、凱斗が強く清芽を突き飛ばした。上手いタイミングで煉と尊が受け止め、床に転がらずに済んだが、先刻自分が立っていた場所を振り返りゾッとする。

「何だよ……これ……」

微妙に位置がズレてはいたが、巨大な鎌で抉《えぐ》ったような半円が床にくっきり刻まれていた。

その向こうに息を荒らげた凱斗が佇み、壁を睨みつけている。

「同じだ。あいつが暴れた時と」

「葉室さん、気をつけて。あいつ、空気を裂くんだよ。鎌いたちみたいに」

煉と尊の言葉を聞いて、本当に櫛笥は支配されてしまったんだ、と絶望的な気持ちに襲われた。個人的な交流はほとんどなかったが、それでも同じ空間で数日を共に過ごしたのだ。ふとした瞬間に見せる少し弱気な横顔や、煉の悪態を苦笑で聞き流す表情が、切なく脳裏に浮かんでは消えていった。

「実はね、僕、正体不明の霊を降ろした時〝紛い物〟って櫛笥さんのことじゃないかなって、ちょっと思ったんだ。でも、確証があるわけじゃなかったから……」

「え、そうなの？　だけど、あの時の尊くん、俺の方を見なかった？」

意外な事実に、清芽が面食らいつつ尋ねてみる。すると、尊は「違います」ときっぱり首を振り、更に驚くようなことを言った。

「僕が葉室さんを見たのは、あの霊があなたと深く繋がっている気がしたから。でも、あれは普通の霊とは違っていて……覚えてるかな。僕が〝神格に近い〟って言ったのを」

「おっ、おいっ。尊、滅多なこと言うなよ」

「神格に近い……だって……？」

「そうです。だから、どういう関係なんだろうって興味があって。恐らく、葉室さんを強く加護している存在なんだと思います。それこそ、雑霊なんか近寄れないくらいの」

「…………」

そんなバカな、と思う。

優秀な明良ならまだしも、平凡で何の力も持たない自分に、そんな大層な加護がついているわけがない。けれど、簡単に笑い飛ばしてしまうわけにはいかなかった。何しろ、それを清芽に伝えているのは、「稀代《きたい》の霊媒師」として名を馳《は》せる西四辻《にしよつつじ》尊なのだから。

――と。

「二荒さんッ！」

均衡を保ちながら櫛笥との間合いを詰めていた凱斗が、ぶわっと裂かれた空気に巻き込まれる。煙のような血飛沫《しぶき》が上がり、次の瞬間、櫛笥の笑い声が響き渡った。

「二荒さん、二荒さんっ！」

「……ちょっと、避けきれなかった。けど、心配するな」

痛みを堪えて凱斗が笑み、左のこめかみから流れる血を右手の甲で乱暴に拭《ぬぐ》う。傷はさほどではないようだが、清芽の心臓は緊張ではちきれそうだった。

櫛笥は、げたげたと笑い続けている。

狂気じみたその声は、もはや皆が知っている彼ではなかった。泥を被《かぶ》ったような音が室内に反響し、生理的な嫌悪から思わず耳を塞ぎたくなる。

「この声……くそ、やっぱりだ」

煉が顔を歪め、悔しげに吐き捨てた。

「決定だよ。あいつだ。櫛笥を乗っ取って、あいつがしゃべってるんだ」

「そんな……煉、どうしよう。櫛笥さんがいなくちゃ、あいつを捕縛できないよ」

「いたって、もう無駄だ。もし本当に力が失せてきてるなら、呪術が効かないのも当然だからな。櫛笥の奴、二回も逃げられたんだぞ。俺も迂闊《うかつ》だった。あいつが櫛笥の術を捻《ね》じ伏せたとばかり思い込んでたから、ちっとも気がつかなかった」

「二人とも、とにかく落ち着いて。櫛笥さんがあいつに憑かれてるなら、まず引き離すのが先決だよ。そうでないと、完全に取り込まれて魂を喰われてしまう」

「でも、どうすればいいの。身体は櫛笥さんなんだよ。傷つけたら本当に死んじゃう」

「おまえら、口を閉じて少し下がっていろ」

善後策を求めてオロオロする清芽たちへ、凱斗がぶっきらぼうに言い放った。その視線は、真っ直ぐ天井へ向けられている。壁から戻った櫛笥は蜘蛛《くも》のような動きで周囲を這い回り、隙あらば凱斗を攻撃しようと狙っていた。

「清芽、俺の言ったことを覚えているか？」

櫛笥から目を離さず、横顔を向けたまま凱斗が言う。

清芽は、即座に頷いた。

「〝おまえと明良は、表裏に分かれた御影の宿命だ〟——だろ？」

「そうだ。清芽、おまえには明良にはない力がある」

それはもう聞いたよ、と心の中で呟く。しかも、どんな力があるかもわからないのに、今回の依頼で自覚してくれと無茶を言われているのだ。

だけど。

「……うん。俺はあんたの言葉を信じたい」

あらゆる否定を乗り越えて、たった一つ前向きな言葉を清芽は選ぶ。

ジンを助けようとして炎へ飛び込んだ時、間違いなく奇跡は起きていた。あれが自分の持つ能力の為せる業なら、やはり真実を知りたいと思う。そんな気持ちを見透かすように、凱斗が尚も言葉を重ねてきた。

「なぁ、清芽。身内でもない俺が、おまえの力について知っているのは何故かわかるか？」

「え……？」

「——俺が、引き金になったからだよ」

その瞬間、櫛笥が素早く天井から跳ねる。彼は獲物の喉笛に食らいつこうと、敏捷《びんしょう》な動きで襲いかかってきた。咄嗟に避けようとした凱斗の左目に、こめかみの血が流れ込む。視界を奪われ上半身をふらつかせた刹那《せつな》、清芽が庇うように飛び出した。

「二荒さん、危ない！」

無我夢中で凱斗にしがみつき、来るべき苦痛に目を閉じる。だが、背中に感じたのは切り裂かれた空気ではなく、バチッと弾けた火花たちだった。

「ぐァッ」

獣じみた声に被さって、鋭く空間に震えが走る。次いでドスンと鈍い振動が響き、それきり嘘のように室内が静まり返った。

「…………」

数秒の沈黙が続く。誰も、身じろぎ一つできなかった。

やがて清芽がおそるおそる瞼を開き、どこにも痛みがないことを確認する。狐につままれた気分で顔を上げると、労《いた》わるようにこちらを覗き込む凱斗と目が合った。

「ふた……らさ……」

「清芽、おまえが御影の人間でありながら、何も視えない、感じない、それどころか霊障にすら遭わないのは何故だと思う。本当に、何の力もないせいだと思っているのか？」

「え……」

ほら、というように、凱斗が顎をしゃくって床を指す。その先に倒れているのは、櫛笥だった。左手の包帯が解けて、ほとんど治りかけている傷が目に入る。煉と尊が急いで駆け寄り、その身の安否を確認していたが、どうやらちゃんと息はあるようだ。

「櫛笥さん……無事……なのか」

「ああ。見ろ、あいつが離れた証拠に、塞がらなかった傷も変化してるだろう」

「なんで……」

安堵と同時に不可解な気持ちにかられ、ただ唖然としてしまう。だが、まるきり状況がわかっていない清芽に、凱斗は溜め息と苦笑を漏らすばかりだ。

「まだわからないのか。おまえ、本当にバカだな」

「な……ッ」

「櫛笥は、許らずもおまえを傷つけようとした。だが、生憎と〝葉室清芽には、どんな霊も影響を与えることができない〟んだ。当然、傷つけることもできない。それで、呪詛返しのような状態になった衝撃であいつが逃げたんだよ」

「う……そ……だろ」

一度では意味が呑み込めず、言われたセリフを二度、三度と反芻する。それでも荒唐無稽すぎて、容易に信じることはできなかった。いくら凱斗の言葉でも、そんな大層な能力が自分にあるなんてすんなり納得できるはずもない。

「嘘だ。そんなの、ありえない。なぁ、二荒さん。冗談なんだろ？」

「おまえ、俺を信じたいって高らかに宣言したばかりじゃないか。忘れたのか？」

「だ、だって……でも……」

「第一、御影の関係者でその事実を知らないのはおまえだけだ。おまえの両親を始め、明良や協会の上層部も承知している。いいか、清芽。それだけ強い加護が、おまえには与えられているんだ。あらゆる霊的な干渉を無効にするっていう、凄まじい加護がな」

「…………」

自分に加護が与えられている。それも、あらゆる霊的な干渉を無効化するレベルで。

改めて口の中で言い直してみたが、やはり半信半疑なままだった。けれど、話を聞いていた尊が「やっぱり！」と興奮し、己の降ろした霊が神格に近かったという話を誇らしげに凱斗へ語る。確かに、今の話が真実ならいろいろとつじつまは合うのだ。

「でも、じゃあどうして、あいつは俺を狙うんだよ？　子どもの頃からずっと、東京にまでついてきて、俺に執着し続けていたんだろ？　何でだよ？」

「簡潔に言うと、おまえが怨霊にとって最上級の餌だからだ」

「餌……？　俺が餌だって？」

単語への生理的嫌悪感から、思わず眉間に皺が寄る。言うに事欠いて、人を餌呼ばわりするとは何事だ。そんな思いで凱斗を睨み返したが、彼は取り合わずに説明を続けた。

「恐らく、おまえは……美味《うま》いんだ。血統のせいか偶発的なものか、それは俺も知らない。だが、霊力の強い怨霊は更なる力を欲して常に飢えている。そういう連中にとって、おまえはご馳走なんだよ。もし、おまえに明良並みの力があったら、と思うとゾッとする。考えてもみろ、四六時中食われる危険に晒《さら》されているんだぞ。それが全部〝視えて〟〝聴こえる〟世界は、まるで地獄じゃないか。二十四時間、何かから逃げ回るなんて不可能だ」

「………」

「だから、加護が必要だったんだよ。おまえから全ての霊力を奪い取り、普通の人間より鈍感でいられるくらいの強い強い加護がな。多分、そういう理屈から人一倍霊感のない、葉室家の異端な長男が生まれたんだ。……そうして」

「え……？」

「そんな兄のために、明良はほぼ万能と言える霊能力を持って生まれてきた。おまえの両親や俺たち協会の人間は、そう解釈している。無論、明良本人もだ。まぁ、〝視えすぎる〟弟のために、おまえがいるとも言えるんだけどな」

「明良が……」

　お兄ちゃんてば。ねぇ、起きて。

　怖い目に遭うたびに、自分のところへ逃げ込んできた明良を思い出す。

　彼をからかい、追いかけてくる悪戯な霊も、清芽の側だといなくなるとよく言っていた。あれは視えない自分への気遣いかと思ったが、本当のことだったのだ。

「そうか……だから、明良はあいつを祓おうとしたのか」

「ああ。以前から警戒はしていたそうだが、久しぶりにおまえのアパートへ行ったら、あいつの力が増していてヤバいと感じたんだと。東京は雑霊や負の念が充満しているから、喰い放題だったんだろう。この屋敷なら結界も張りやすいし、周囲に迷惑はかからない。俺が雨の中でおまえとぶつかった頃、明良はここであいつを召喚していたんだ。おまえたちは兄弟だし、顔立ちもよく似ている。成り済ましておびき寄せるには、もっとも条件が良かったんだ」

「じゃあ、二荒さんが傷の擬態で俺を騙《だま》したのもそのため？」

「そういうことだ」

軽く肩をすくめて肯定し、凱斗は悪びれずに口の端を上げた。

「要するに、後押しってやつだな。あのベランダに居づらくさせて、明良の召喚に応じやすくなるようにお膳立てした。それでも、かなり抵抗されて驚いたけどな。結局、除霊は失敗して明良は怪我を負ったが、一時的におまえと引き離すことには成功したってわけだ」

「そうだ、明良の怪我は大丈夫なのか？　二荒さん、深刻なものじゃないって言ってたけど」

「心配するな。今の俺と同じで裂傷くらいだ。ただ、さすがに体力の消耗が激しくてな。俺が明良からすぐ連絡をもらって、ちゃんと病院に寄った後で実家まで送り届けたから」

「そうか……良かった……」

心の底からホッとして、清芽は深々と息をつく。知らなかったとはいえ、自分のために明良にもしものことがあったら、と思うと芯《しん》の冷える気がした。

「そういうわけで、おまえには何重ものガードがかけられている」

「うん……？」

不意に、凱斗の声音に緊張が混じる。

彼はそろりと清芽から視線を外し、慎重に移動させながら話し続けた。

「容易には喰えないとなると、余計に執着が増すんだろうな。月日がたつごとに、喰いたいという願望は妄執《もうしゅう》に変わりつつある。あれが狂っているのは、そのせいだ」

「俺を……喰う……」

もちろん、物理的に食べるというのとは違うだろう。だが、そこに伴う苦痛は想像を絶するものに違いない。生と死の狭間で底なしの闇に囚《とら》われ、果てしない絶望と恐怖だけの世界だ。

ぶるっと、肌が粟立《あわだ》った。

冗談じゃない、そんな目に遭わされるのは絶対に絶対に嫌だ。

「心配するな、清芽」

注意深く身構えながら、凱斗が力強く言った。

「おまえを、怨霊の餌になどさせない。そのために、俺がいるんだ」

「二荒さん……」

「俺は……清芽、おまえを……」

話の途中で、凱斗が何かを防ぐように右腕を上げる。直後に鮮血が飛び、切り裂かれた服の下に猛獣が抉ったような傷が生まれた。

「二荒さんっ！」

「心配いらない」

表情を硬くしたまま、凱斗は傷ついた右腕を一振りする。指先から血の雫《しずく》が滴り落ち、赤い水玉が床に生まれた。

「あっ！」

次の瞬間、煉と尊が同時に声を上げる。天井から黒い影が駆け下り、ざりりと床の血を舐め取ったのだ。実体がないのに真っ赤な舌だけが生き物のように蠢《うごめ》き、その先から粘ついた唾液が数滴、糸を引いて垂れ落ちた。

「あいつ……だ……」

「煉……どうしよう……」

意識のない櫛笥を背中に庇い、二人は恐怖に身を硬直させている。

凱斗がそろそろと身体の向きを変え、清芽の盾になるよう位置をずらした。

数秒の沈黙。誰もが息を詰め、煙のように揺らぐ影と対峙する。

——が。

「消えていく……？」

ドッと緊張の解けた声で、尊が溜め息混じりに呟いた。凄まじい瘴気を放ち、徐々に影は薄くなっていく。禍々しい残像は瞬く間に視界から失せ、後には清芽たちだけが残った。

「やっぱり、そうか。あいつ、活動時間が短いんだ。櫛笥さんに憑いたから動けたけど、本当は夕方の二時間ほどしか自由にならないんだよ」

「まぁ、そういうことだろうな」

「凄いな。これも、明良の封印があるからなのか？」

「それもある。だが、多分、あいつの妄執は長い年月の間に膨《ふく》れ上がり過ぎて、自身まで喰らう勢いなんだ。強すぎるんだよ、力が。雑霊じゃ、もう賄《まかな》えないんだろう。だからこそ、より甘美な餌に執着する。つまり、おまえだ」

「う……」

清芽が露骨に顔をしかめると、凱斗は「心配するな」というように薄く微笑んだ。

「向こうも、そろそろ限界だ。恐らく、次が勝負になる」

「次って……」

鸚鵡《おうむ》返しに問い、ちらりと窓の外を見る。相変わらずガラスが曇って景色はわからないが、それでも午後早めの陽光が鈍く差し込んでいるのはわかった。

凱斗は神妙な様子の一同をぐるりと見回し、不敵な呟きを漏らす。

勝負は次。それで決着をつける。運命の時刻は——。

「——逢魔《おうま》が時だ」

8

あいつから引き離したのはいいものの、櫛笥《くしげ》はなかなか目覚めなかった。仕方がないので、凱斗《かいと》が担いでひとまず彼の部屋に寝かせることにする。ただ、同じことが二度と起こらないとは限らないため、煉《れん》と尊《たける》が付き添って一緒にいることにした。

「面倒かける奴だけど、見捨てるわけにはいかねぇし」

いかにも渋々といった態度だが、意外にも櫛笥の介抱に誰より熱心なのは煉だった。口ではさんざん悪態を吐いていても、本当はさほど彼を嫌ってはいなかったらしい。

「櫛笥さんも、ちゃんとわかっていたと思うんです。だから、煉の憎まれ口にも本気で怒らないでいてくれたんじゃないかなって。霊能力が落ちている負い目もあっただろうし……でも、本来の煉はどうでもいい相手には声すらかけないんですよ」

尊がこっそり清芽《せいが》に耳打ちして、「意地っ張りなんだから」と悪戯《いたずら》っぽく笑った。

対決の逢魔《おうま》が時までは、まだ数時間の余裕がある。とりあえず凱斗の手当てをしようと、清芽は自分の部屋へ彼と一緒に戻った。幸い、皆川《みながわ》が救急箱を用意しておいてくれたので、消毒と化膿どめくらいは処置ができそうだ。

「うわ、ざっくり切れてるよ」

だいぶ血は止まったが、右腕の肘《ひじ》から手首にかけて見るも無残な裂傷ができている。破れたシャツを脱いでもらい、ベッドの上で上半身裸の凱斗と向き合った清芽は、顔をしかめながら傷の状態を確かめた。

「考えてみると、二荒《ふたら》さんの手当てをするのって二度目だね。もっとも、最初の傷は偽物だったけど。まんまと騙《だま》されちゃって、俺も人が好いよなぁ」

「そうだな。あの展開で家にまであげる奴は、そう多くはないだろうな」

思い出したのか、くすりと凱斗が笑う。

「けど、清芽ならああすると思った。おまえは、良い奴だから」

「え……」

正面切って褒《ほ》められると、どう対応していいかわからなくなる。清芽は妙に照れ臭くなり、急いで彼から視線を逸《そ》らした。おまけに、ハタと冷静になってみれば自分は今裸の凱斗と二人きりだ。二重の意味で顔が熱くなり、手当てもおぼつかなくなってしまった。

「おい？　おまえ、手が震えてるぞ。そんなに血がダメだったか？」

「い、いや、大丈夫。ちょっと緊張して……じゃない、とにかく大丈夫！」

「………」

まずい、と焦りが募ってくる。男同士なのだし、片方が裸だからって狼狽《ろうばい》する方がどうかしていた。逆にやたらと意識しているとバレたら、引かれてしまうかもしれない。

(その理屈でいったら、お返しとか言ってキスしてくる二荒さんの方が問題だけどさ……)

あれは、もう彼の中では『悪ふざけ』として片付いてしまったのだろうか。そうなら悲しいな、と思ったが、変に期待してがっかりするよりはマシだ。どんなに凱斗に惹《ひ》かれようと、彼が恋情で自分を見る日などくるはずがなかった。

しっかりしなきゃ、と自身を鼓舞し、何とか無事に手当てを終える。恥ずかしくてなかなか凱斗の身体をまともに見返せなかったが、変に思われていないことを祈った。

「二荒さん、着替えのシャツどこ？　持ってきてあげるよ」

「ああ、悪いな。ベッド脇のカバンの中だ。あ、いや……」

「え？」

途中で凱斗が何か言いかけたが、清芽がさっさとカバンを開けたので諦《あきら》めたようだ。勝手に開けてまずかったかな、と心配になったが、シャツを取り出そうとして理由がわかった。

「これ……」

「うるさいな、構わないだろう。単なる非常食なんだから」

「……嘘だ」

上目遣いで否定すると、うっと凱斗は押し黙る。彼の持参したスポーツバッグの中には、例のチョコが未開封のまま一ダースは入っていた。さすがにこれは、と清芽も呆《あき》れ、決まりが悪そうな彼へ視線を移す。

「まさか、箱買いとかしてるんじゃ……」

「してねぇよ」

「じゃ、どうしてこんなに持ってきてるんだよ。糖尿になっても知らないよ」

「大きなお世話だ。第一、おまえが……」

「俺？」

いきなり矛先を向けられて、面食らいつつ訊《き》き返す。だが、凱斗はすぐさま口をつぐむと、もういいとばかりに横を向いた。

「あの……さ、二荒さん。この間、俺があんたにこのチョコをあげたって言ってたよな」

「…………」

「ごめん、俺全然覚えてなくて。でも、なんでそんなにこだわるんだよ？　何か、特別な意味があるなら聞かせてくれないかな。それに……気になってること、あるし」

「え……？」

やっとこちらに目線を向けたので、やれやれと思いながら清芽は続ける。

「さっき、〝俺が引き金になった〟って言っただろ。俺の力について、どうしてあんたが詳しいのかって話の時に。だけど、それもやっぱり心当たりがなくて。なぁ、初めて出会った時、一体何があったんだ？　俺、どうしても思い出したい」

「別に……隠すような話じゃないが……」

「だったら、話してくれよ。二荒さん、自分のこと全然話してくれないじゃないか」

「俺のこと？　何で、そんなにおまえが気にするんだ。俺は清芽の味方だと、ちゃんと言ったはずだぞ。信用してないのか？」

「そうじゃなくて……」

上手《うま》く思いを表現できず、清芽は言葉に詰まってしまった。

そうじゃないよ。あんたのことは、あんたと俺の繋《つな》がりは、何でも知りたいんだよ。

溢《あふ》れそうな感情を素直に伝えられたら、どんなにすっきりするだろう。

「明良《あきら》……と……」

「ん？」

「明良と……仲がいいとか、全然言ってくれなかったし……」

気がつけば、そんなことを口走っていた。言った直後に（しまった）と後悔したが、もう手遅れだ。これでは、嫉妬《しっと》していると白状したも同然だった。羞恥《しゅうち》に消え入りたくなりながら、身を固くして途方に暮れる。せめて、冗談にして笑ってくれたら、と願ったが、生憎《あいにく》といつまでたっても凱斗から笑い声は聞こえてこなかった。

「いや、その……」

明らかに困惑した様子で、凱斗がボソボソと呟《つぶや》く。

「仲がいいとか、あいつとはそういう関係じゃ……」

「じゃあ、何だよ。同じ霊能力者同士、気が合うんじゃないのか。あんたも明良も、霊力の高さは飛びぬけているもんな。そうだ、明良は協会からスカウトされてるんだっけ。案外、そのスカウト役が二荒さんだったりして」

「ああ、最初はな。でも、昔のことだぞ。俺が協会に所属していたのは以前のことで、今は違うと話しただろうが。明良とは、俺が『御影《みかげ》神社』に世話になった関係で何かと縁が……」

「それなら、俺に黙っていることないじゃないか。大体、協会を辞めたって何でだよ。スカウトとして明良と接するのが、心苦しくなったのかよ」

「は？　おまえ、飛躍しすぎだぞ」

いきなりどうした、と言わんばかりの呆れ声に、清芽はますます追い詰められた。自分でも何を絡んでいるのかわからないが、とにかく無性に腹立たしい。凱斗と最初に会ったのは自分なのに、一足飛びに明良に越されてしまったような気分だ。

「あのなぁ、清芽」

深々と溜《た》め息《いき》をついた後、凱斗の右手が頬《ほお》に伸ばされた。先ほど治療した包帯が目に入り、清芽は無下に振り払えなくなる。

「な……に……」

「俺が協会を辞めた理由は、明良とは関係ない」

「…………」

「いいか、もう一度言うぞ。明良はまったく関係ない。何でだかわかるか?」

そんなの、わかるわけがなかった。頬を手のひらで包まれたまま、清芽はふるふると首を振る。触れられた場所から熱が広がり、のぼせそうなほどくらくらしてきた。

「──おまえだよ」

「え……」

降参、というように短く嘆息し、凱斗は柔らかさを増した声音でくり返す。

「おまえだよ、清芽。俺が協会所属の霊能力者を辞めたのは、ずっとおまえの近くにいられないからだ。何しろ、国内どこでも霊障の依頼が来たら派遣されるからな。それじゃ、俺の目の届かない場所でおまえに何かあっても、駆けつけてやれないだろう?」

「え……や、でも、それは……」

「だから、言ったんだ。ストーカー呼ばわりしないのかって」

真っ赤になって狼狽する清芽に、開き直った瞳が迫ってきた。

「もう引かれようが今更だ。俺はな、清芽。ずっとずっと、おまえを──おまえだけを、見てきたんだ。五歳のおまえが、俺の手のひらにチョコを降らせた日から」

「ちょ、ちょっと待って。え、それってどういうこと?」

「おまえは小さくて覚えていないだろうが、そんなのは別にいいんだ。ただ、俺にとっては特別な思い出だった。自分の〝視《み》えすぎる〟力がコントロールできなくて、性質《たち》の悪い霊に追い回されていた俺は……『御影神社』の境内《けいだい》で清芽と出くわした」

「………」

「俺を追いかけてきた悪霊は、おまえの前で俺を取り殺そうとしたんだ」

苦い記憶を追っているのか、微《かす》かに凱斗の表情が歪《ゆが》む。

けれど、彼はゆっくりと憂いを振り落とし、再び静かな情熱で語り始めた。

「おまえには、視えなかったし、聴こえなかったと思う。けれど、恐怖にかられた俺の表情だけはわかったはずだ。もうダメだと観念した瞬間、おまえが俺に抱きついてきた」

「抱き……ついた……?」

「ああ。それで、どうなったかわかるか?」

くすりと笑んで問いかけられ、もう一度首を横に振る。もしや、と想像はついたが、自分の口から話すにはあまりに現実離れしすぎていた。

「さっきの櫛笥と同じだ。おまえごと襲おうとした悪霊は、一瞬で消し飛んだ。未だかつて、あんな光は見たことがなかった。心の闇まで刺し貫くような、痛くて眩《まばゆ》い光だった」

「………」

「でも、当人のおまえはやっぱり何もわかっていない。自分が悪霊を祓《はら》ったことや、俺を救ったことなんて全然お構いなしだ。呆然《ぼうぜん》とする俺に、おまえは言ったんだ」

何千回、何万回とくり返そうが、決してすり減ることのない言葉。声。笑顔。

それらを慈しむように、凱斗は優しく優しく清芽を抱き締めた。


あのね、チョコあげる。

ぼく、これだーいすきなんだ。

だからね、おにいちゃん。

もう、ないちゃだめだよ。


「その日を境に、俺は強くなろうと決心した。疎ましかった己の霊力を磨き、もっと強くなって、おまえが先々で危険な目に遭った時は必ず守れるように——そう決めたんだ」

「二荒さん……」

「だから、あのチョコは言ってみれば御呪《おまじな》いみたいなもんだ」

愛おしげに清芽の髪を梳《す》き、少しだけ照れ臭そうに凱斗は笑う。

「何年この商売をやっていても、やっぱり怖い時は怖いんだよ。足が竦《すく》んで動けなかったり、全身の震えが止まらなくなったり。そういう時に、あれを口へ放り込むんだ。で、小さかったおまえが、ないちゃだめだって言った声を思い出す。そうすると、恐怖が薄らいでいくんだ。

大の大人がって笑われるだろうが、俺には大事な儀式なんだ」

「そう……だったんだ……」

「……けど、清芽には取り返しのつかない負も背負わせることになった」

不意に声を曇らせ、凱斗は抱く腕に力を込めた。何だろう、と急に不安になり、清芽は腕の中から彼を見上げる。間近で視線が交差し、ふっと眼差しが温度を上げた。

「あの時の光を、あいつが見つけた」

「え……」

「視えたんだ。頭の取れかかった男を。後から明良と話していて、あいつが十歳の頃に視たモノと同じだってことがわかった。一瞬の光に惹き寄せられ、おまえを喰いたいという欲望があいつの中に芽生えたんだろう。そうして、ここへ来た初日に確信した。間違いない、あいつはあの時の怨霊《おんりょう》だ。膨《ふく》らみすぎた妄執で、だいぶグロテスクになっていたけどな」

そんな、と言いかけて声を呑《の》み込んだ。

結果はどうあれ、それで凱斗を救えたのだ。後悔は欠片《かけら》もない。きっと、何度同じ場面に遭遇しても清芽は選択を変えないだろう。

「そうか……だから、二荒さんは俺のことを守るって言ってくれてたんだね。でも、俺は気にしないよ。責任なんか感じることない。俺、二荒さんを救えたこと誇りに思うから」

「は？　おまえ、何寝ぼけたこと言ってるんだ？」

「え……だから……」

「あのなぁ、バカも休み休み言え。こんな重大なこと、気にしないでいられるか。それに、責任感だけで他人を一生見守ろうなんて決心するほど、俺は純粋で真っ直ぐな人間じゃない」

「だって……」

「わかれよ」

焦《じ》れたように言葉を遮《さえぎ》り、次の瞬間、凱斗が唇を重ねてきた。荒々しい口づけに、清芽の意識はたちまち混乱する。逃すまいと舌がすぐ割って入り、生温かい感触が次々と口腔《こうこう》内に快感を生み落としていった。

「ん……んぅ……」

凱斗の舌が柔らかく絡みつき、呼吸ごと奪われる。

裸の胸から響く鼓動が、臆病になる清芽を煽《あお》り立てるようだ。

「おまえが、俺にとって特別だからだ。決まってるだろう、そんなことは」

ようやく離した唇から、彼が憮然《ぶぜん》と言い放った。口調は乱暴だが、その響きは極上の砂糖菓子よりももっと甘い。快感の波紋に捕らわれながら、清芽は「……ほんと?」と訊き返すのが精一杯だった。

「特別って……どういう……」

「キスまでしといて、どういうもないだろうが。俺は、あらゆる意味でおまえが好きで、特別で、大事なんだ。迷惑なら、ちゃんとそう言え」

「そんな、喧嘩《けんか》売るみたいに言われても」

「信じられないか？」

至近距離から真顔で見つめられ、気が遠くなりそうだと清芽は思う。それでなくても、男同士ということで最初から成就を諦《あきら》めていた恋なのだ。

「嘘みたいだ……」

清芽の淡い想いよりも、ずっと激しい嵐のような告白。

信じるも信じないもない、それが凱斗の口から出た言葉ならば。

「俺が……あんたを好きなのは……バレてたの……？」

「え？」

「えって……だから、俺が……」

最後まで言い終えることは、できなかった。再びきつく抱き締められ、幾度目かの口づけに取って代わられたからだ。先刻よりも愛撫《あいぶ》が繊細になり、啄《ついば》むように幾度も甘噛《あまが》みされて、清芽のなけなしの理性はあっという間に蕩《とろ》けていった。

「ふたら……さ……」

隙間《すきま》から零《こぼ》れ出る吐息に、愛しい相手の名前を溶かす。

唇を塞《ふさ》がれるたび、ぞくぞくと芯《しん》が淫《みだ》らに疼《うず》いた。

「……んく……」

キスだけで、おかしくなりそうだ。

清芽は切なく全身を震わせ、凱斗の熱に夢中で身を任せた。いつの間にか視界が一回転し、押し倒されていることにようやく意識が向く。凱斗の体温は高く、綺麗《きれい》に引き締まった身体は同性ながら見惚《みと》れるほどだった。

「二荒さん……俺は……」

「好きだ」

余計な言葉はいらない、というように、何度も口づけられる。清芽を組み敷き、髪に指を絡めながら、凱斗は喘《あえ》ぐように好きだとくり返した。重ねられる愛撫に翻弄《ほんろう》され、清芽は陶酔の中で彼の声だけに耳を傾けた。

嘘みたいだ、と夢見心地で呟く。

凱斗の心が、自分のものだなんて。彼の指が、体温が、自分を求めているなんて。

「二荒さん……」

「凱斗だ。そう呼べよ」

「え……でも……」

「呼んでくれ」

ためらう清芽の耳たぶを嚙み、吐息で甘くねだられる。清芽はたまらず吐息を漏《も》らし、羞恥を堪《こら》えるために彼の背中へ両腕を回した。

「凱斗……好きだよ……」

せがまれたとはいえ、年上の相手をいきなり呼び捨てにするのは気恥ずかしいし、抵抗もある。けれど、凱斗の嬉《うれ》しそうな溜め息を聞いたらどうでも良くなった。凱斗、ともう一度小さく口の中でくり返し、清芽はぎゅっと彼にしがみつく。

「何でだろう。凄《すご》くドキドキするのに、穏やかな気分なんだ。凱斗とどうにかなりたいって、そこまで具体的に願ってたわけじゃないのに、こうしていると〝これだったんだ〟って思う。こんな風に、凱斗となりたかったんだって」

逞《たくま》しい胸に額を押し当てて、微笑《ほほえ》んでいる自分に清芽は驚いた。もっと狼狽して、焦りで頭がめちゃくちゃになるかと思っていた。それなのに、実際はこんなにも満ち足りている。

「俺の方こそ、予想外の展開に面食らってる」

右目の端に軽く口づけ、凱斗がゆっくり抱き締めてきた。

「こっちだって、さすがに最初っから欲情していたわけじゃないぞ。おまえのことは誰より見てきたつもりでも、同じ男だし、直接会話したこともないしな。けど、ここへ来て生身の清芽を知るようになったら、おまえ基本が五歳の頃まんまなんだもんなぁ」

「そ、それは、いくら何でも……」

「ガキの頃の俺が目の前にいたら、声をかけてやりたいって言っただろ。十五年も前にとっくにしてくれていたのに、おまえは記憶がなくてもやっぱり同じことをしたいって言ったんだ。俺が、どんな気持ちであの言葉を聞いたかわかるか？」

「凱斗……」

胸が詰まって、上手く答えられなかった。けれど、凱斗を好きになって良かった、と心の底から清芽は思う。性別の問題や特殊な能力など、きっと普通の恋人同士より面倒なことは多いだろう。けれど、間違えずに彼を選べて本当に良かった。

「あー……ヤバいな……」

困ったような満更でもないような、微妙な口調で凱斗が呟く。何だろう、と怪訝《けげん》に思っていたら、不意に彼の指が顎《あご》にかけられ上を向かされた。そのまま真っ直ぐ瞳を覗《のぞ》き込まれ、鼓動がまた速まってくる。

「何……」

「この勢いで先へ進んだら、やっぱりそれはないよな？」

「え……」

大真面目に相談され、みるみる顔が熱くなった。実は、密接する身体の変化には先ほどから清芽も気づいていたのだ。彼ばかりではなく、自分もまた欲望が目覚めかけていた。

けれど……――。

「さ、さすがにダメ、だよね……。同じ階に煉くんたちもいるし、櫛笥さんのこともあるし」

「それもあるが、何よりマズいのはここが化け物屋敷だってことだ」

「う……確かに……」

「部屋には結界が張ってあるから、まぁ覗かれる心配はないな。前も言ったように、エロと霊は相性が悪いから邪魔もされないだろう……って問題じゃないんだが」

まいったな、と真剣に悩んでいる凱斗を見ていたら、無性に可笑《おか》しくなってくる。笑ったら悪いと思うものの、これだけの男前が「今やるかどうするか」で葛藤《かっとう》している姿は、あまりにマヌケすぎて愛しさ倍増だ。

「あのさ、凱斗。俺ね、一つ言っておきたいんだ」

呼び捨てにする感覚が早く馴染《なじ》むよう、丁寧に発音しながら清芽は言った。

「これから、あいつと対決するんだろ。もしかしたら、無傷じゃ済まないかもしれないよな」

「ああ」

「かなり危険なんだってことは、俺にも想像がつくよ。つまり、あんたとこんな風に抱き合えるのは、これが最後かもしれない。それくらいの覚悟が必要だよな」

「……ああ」

だったら、と清芽は微笑んだ。もう、心に迷いやためらいはなかった。

「俺に、未練を作ってよ。ここで死んだら絶対浮かばれないっていう、強烈なやつを」

「未練……？」

「何がなんでも凱斗と生き延びるんだ、怖くても逃げてたまるかって、そんな風に奮い立たせてくれる未練だよ。そうでないと、多分俺は恐怖に勝てないと思う。何と言っても、霊が視えるようになってホヤホヤなんだからさ。免疫、全然足りてないし」

「清芽……」

言いたいことは、正確に伝わったようだ。見つめ合う凱斗の瞳に、鮮やかな愛しさが満ちていく。どれだけ愛の言葉を並べようと、この眼差しには敵《かな》わない、と清芽は思った。

「何もかも全部、終わらせる」

「……うん」

「ちゃんと無傷で片付けるから、その時は――俺のものになってくれ」

「うん」

目眩《めまい》のような幸福を噛み締めながら、誓いを込めて彼へ口づける。重ねた唇が甘く痺《しび》れ、搦《から》め合う舌から恍惚《こうこつ》が生まれた。互いにしっかり抱き合い、鼓動の響きを感じながら、一つに溶けていく感覚に襲われる。再び凱斗と出会うまで、どうして彼を忘れていられたのだろう。本気でそんなことを考えながら、もう離れられないと清芽は目を閉じた。

「未練……か」

耳元でくすりと笑む気配がして、ゆっくりと凱斗の左手が降りてくる。

こうなると、利き腕に怪我《けが》をしているのも偶然とは思えなかった。

「くそ、こんなの本当は生殺しだ。触れるしかできないなんて」

「それは、俺だって同じだよ。でも、全部終わったら、俺の中であんたを感じることができる。そう思えば、何がなんでも生きてやるって気が湧《わ》いてくるよ」

「俺たち、煩悩《ぼんのう》全開だな」

今度ははっきりと笑い声にし、下着の中へ彼の手が潜り込んでくる。

未熟に勃《た》ち上がりかけた部分に指が触れ、ぴくりと全身が官能に震えた。

「いいな……温かい」

「い、言わなくていいから……っ」

感動したように呟かれ、かあっと羞恥が駆け上る。凱斗の手に包まれただけで、自身が張り詰めていくのがわかった。正直すぎるだろ、と困惑したが、上下に擦《こす》られる感覚にたちまち我を忘れかける。強く弱く調節しながら、巧みな愛撫が清芽から理性を奪っていった。

「あ……っ……う……」

声を出すのも恥ずかしいので、無意識に喉《のど》で止めてしまう。それでも抑えきれずに溢れる吐息を、どこか他人事《ひとごと》のように聞いていた。

「ふぅ……んん……」

「清芽、我慢しなくていい」

「……んく……っ」

「清芽……ほら……」

ぺろ、と頬を舐《な》められて、こそばゆさに息が漏れる。同時に不要な力が抜けていき、うっすらと瞳を開いてみた。

「かい……と……」

「いい声だな。ぞくぞくする」

「凱斗……」

「好きだよ、清芽」

口づけられ、同時に左手の愛撫を再開される。先走りの蜜《みつ》が滑りを滑らかにし、電流のような刺激が幾度も全身を駆け抜けた。淫靡《いんび》に乱れる吐息を絡め、肩甲骨に爪を立てる。綺麗に隆起した凱斗の背中には、じわりと汗が滲《にじ》んでいた。

「凱斗……のも……」

おずおずと右手を彼自身へ伸ばし、服の上から触れてみる。

逞しい雄の形に鼓動が跳ね、たちまち体温が高くなった。

「すごい未練、作っちゃったな……」

半分掠《かす》れた呟きは、語尾が快感に震えている。この楔《くさび》を打ち込まれ、奥まで呑み込む様を想像すると、それだけで新たな蜜が零れ出た。

「あぁ……っ」

凱斗の左手をしとどに濡《ぬ》らし、清芽は喘いで身をよじる。何とか自分も真似《まね》て右手を動かそうとするのだが、まるでそれを阻むように悪戯な刺激がくり返し与えられた。

「あ……や……ぁ」

生理的な涙が滲み、感じやすくなっている自分に激しく戸惑う。経験がないわけではなかったが、まるごと他人に委《ゆだ》ねるのはさすがに初めてだった。

未知の快感が熱を煽り、征服されていく悦びに身が震える。首筋や鎖骨に唇が吸いつき、同時進行であちこちを責められて、清芽は堕ちる寸前だった。

「ずる……い、俺……ばかり……」

「ごめんな」

か細く訴える清芽に、荒く息を弾ませて凱斗が笑う。

「けど、おまえに触られていたら、絶対我慢してやれないし。未練どころか、そのまんま昇天するかもしれないだろう？　それは、やっぱりまずい」

「……う……」

「そろそろか？　おまえは我慢するなよ？」

一層強く擦り上げ、凱斗がこめかみにキスをした。弾ける寸前の情熱が、出口を求めて暴れ出す。清芽は無我夢中で凱斗にしがみつき、導かれるままその手に全てを吐き出した。

「あぁ……っ……あ……」

「清芽……」

「ん……く……」

余韻《よいん》に肌をわななかせ、くたりとベッドに身体を沈ませる。自分だけが達《い》かされた事実に、清芽はしばらく立ち直れない気分だった。

(だけど……——)

ちら、と傍《かたわ》らの凱斗に視線をやってみる。清芽が汚してしまった左手を、彼は少し照れ臭そうに見ていた。その目があまりに優しいので、何て声をかければいいかわからなくなる。猛烈な羞恥は感じるが、同時に泣きたいほど安堵《あんど》もしていた。

「待ってろ、今後始末してやるから」

清芽の視線に気づき、凱斗が労《いた》わるような口調で言う。女の子じゃあるまいし、まして本番もしてないんだから、と言い返そうとしたが、あまりに色気がないかと思い直した。

身体は、物理的には繋がっていない。

でも、重ねた想いはしっかり一つになっていた。

(大丈夫だ。これで、俺は戦える。凱斗たちと一緒に、絶対にあいつを祓うんだ)

動機が不純だと、神様が見ていたら怒るだろうか。

けれど、今の自分には揺るがない芯が必要だった。心の闇を凌駕《りょうが》する、明確な目的が。

(エロと霊は相性が悪い、か。何か、今になると説得力があるなぁ)

ふふ、と笑って清芽は起き上がる。身体は少しだるかったが、心地好《よ》い疲労だった。

「もうすぐだな」

身支度を整えた凱斗が、携帯電話で時間を確認する。

午後五時三十分。窓の外はすでに陽が落ち、闇が周囲を包み込んでいた。


「櫛笥、目を覚ませ」

逢魔が時を目前に彼の部屋を訪れた凱斗が、ベッドに横たわったまま微動だにしない身体を抱き起こす。付き添っていた煉たちによると、あれからも櫛笥はこんこんと眠り続け、その間一度も目を開いていないそうだ。

「きっと、かなり体力をもっていかれたんだよね。このまま意識が戻らなかったら、衰弱して死んじゃうかも……煉、どうしよう。病院へ運んだ方がいいかな」

「病気じゃなくて霊障なんだぞ。医者にどうにかできるとは思えない」

櫛笥の顔は青白く、もとが美貌《びぼう》なだけに蠟《ろう》人形のようだった。かろうじて脈は取れるが、呼吸もか細くてひどく頼りない。大丈夫だよ、と清芽が二人を宥《なだ》めていたが、やはり心配なことに変わりはなかった。

――と。

「綺麗な顔だが、許せよ」

そう呟くなり、自分の左手に凱斗がふっと息を吹きかける。短く暗唱したのは、言霊《ことだま》の一種だ。何でもこなすんだな、と感心していたら、彼はその手で櫛笥の頬を数回平手打ちした。

「わっ」

驚いて尊と煉が声を出し、清芽にしがみついてくる。と、それまで無反応だった櫛笥の眉間《みけん》に皺《しわ》が寄り、彼は不快げに「う……」と呻《うめ》いた。

「櫛笥？　おい、てめぇ目を開けろっ」

「起きて、櫛笥さん！　ねぇ、起きて！」

反応があった、と認めるや否や、左右の耳から中学生組が盛んに呼びかける。よほど煩《うるさ》いのか眉間の皺はますます深くなったが、今は遠慮している場合ではなかった。一刻も早く目覚めさせようと、清芽も一緒になって呼びかける。

やがて、観念したように瞼《まぶた》がぴくぴくと動いた。

次いでゆっくりと瞳が開き、櫛笥は叩《たた》かれた右の頬をそろそろと撫でる。

「痛い……」

「櫛笥！」

「櫛笥さん、良かった！」

わっと清芽たち三人に迫られ、彼は何のことやらと面食らっている。尊が気を利かせて愛用の眼鏡《めがね》を差し出し、涙の滲んだ目でにっこりと笑った。

「はい、これ。廊下に落ちていたの、拾っておきました」

「尊……くん……?」

「おまえなぁ、年長者のくせに手間かけさせるんじゃねぇよ。俺たちが、どんだけ心配したと思っ……いやいやいや！　心配なんかしてない！　してないけどな！」

「煉くん……」

思いがけない優しさに触れ、櫛笥は唖然《あぜん》としているようだ。確かに、ここへ集まった当初に比べれば、皆の間に流れる空気はまったく違っていた。共通の敵を通して仲間意識が芽生え、逆境に立たされたことで絆《きずな》が生まれつつある。

「そうか……僕は……」

じわじわと記憶が蘇《よみがえ》ってきたのか、櫛笥の表情に悔恨の色が浮かんだ。悲痛な横顔に赤い頬が痛々しく、清芽は「乱暴な真似を」と凱斗へ非難の目を向ける。しかし、凱斗は空々しく「良かったな」と棒読みで言うと、すぐさま本題を切り出した。

「櫛笥、おまえを説得している時間がない。だから、命令する」

「え?」

「──捕縛の呪《じゅ》をかけろ。おまえがあいつを足止めしている間に、皆で陣を組む」

「おい、待てよ！　あんた、正気か？」

　バカな、と真っ先に反応したのは煉だ。

「櫛笥はダメだ、もう力がないんだぞ！　大体、最初にそう言ったのはあんたじゃないか！」

　気でも違ったか、と噛みつかれても、凱斗は眉《まゆ》一つ動かさない。だが、さすがに煉の意見は妥当のように思えた。何より、櫛笥の暗い表情を見れば一目瞭然《りょうぜん》だ。自信がない、とその顔にははっきり書かれていた。

「僕は、もう霊能力者としては使い物にはなりません」

　案の定、沈痛な面持ちで櫛笥は首を振る。

「あいつには、二回挑んで呪詛《じゅそ》返しを食らいました。何度やろうと結果は同じです」

「諦めるのか？」

「諦めたくなんかありません！　でも、無理なんです！　以前は難なく使いこなせた力が、今は思い通りにならない。ひどく不安定で脆《もろ》いんです。もう半年くらいこんな調子で、しかも少しずつ弱まっている。霊視ひとつ思うようにいかないなんて、僕は櫛笥家の面汚しだ！」

「櫛笥さん……」

　何だか、自分のことを見ているようだと清芽は思う。

　葉室《はむろ》家の出来損ない、そんな風に己を卑下《ひげ》し、常に負い目を感じながら生きてきた。櫛笥の吐露した本音は、それとよく似ている。違うのは、それでも諦めない人間が側にいることだ。

「まだ手はある」

皆が同情に傾く中、凱斗だけが揺らぎもせずに言い切った。何を根拠に、と苦々しく櫛笥が睨《にら》んだ瞬間、凱斗が彼の左手を掴《つか》んで引き寄せる。その手のひらには、ようやく癒《い》え始めた呪詛返しの傷が刻まれていた。

「ジンを祓ったのは、おまえだろう？」

「そ、それは……」

「あれは、俺の式神だ」

「え……」

さっと、櫛笥の顔が蒼白《そうはく》になる。

見ていた清芽たちにも、思わず緊張が走った。

「元は、祖母が飼っていた白猫だった。言っちゃ何だが、あいつには並みの式より力を与えている。相当な使い手でなければ、あれを祓うなんて真似はできない」

「何が……言いたいんですか……」

「そうか！　櫛笥さんの力は、まだ無くなってないってことだよね。そうだろ、凱斗？」

希望の兆しに勢いを得て、清芽が声を弾ませる。ジンを喪った痛みは消えないが、それと同じくらい櫛笥にも立ち直ってほしかった。

「ぼく……は……」

「何がきっかけで不調になったかは知らないが、理性の箍《たが》が外れたおまえには本来の力が充分に使えたんだ。霊能力が消えたわけじゃない、使うおまえの方に問題があるんだと思う」

「使う……僕の方に……」

櫛笥の瞳に、僅《わず》かな光が戻る。闇に塗《ぬ》り潰《つぶ》されていた場所に、小さな星が瞬き始めていた。

「もともと、おまえからの借り物だ。返してやる」

相手に目力が宿ったのを認め、満足げに凱斗が言う。え、と櫛笥が戸惑い、何をする気かと引きつった笑顔で彼を見つめ返した。

「あの……二荒くん……？」

「縛の呪文字だ。一度使って効力は落ちているが、おまえが力を限界まで引き出せれば可能性はある。いいか、櫛笥。これが最後のチャンスなんだ。おまえ次第で、俺たちの生死が決まる」

「まさか……僕の能力を移し換えたのか……」

「よく言う。あいつに憑《つ》かれた時、俺のことを泥棒呼ばわりしたくせに」

ニヤリと不遜《ふそん》に笑われて、櫛笥は唖然としたまま抵抗を忘れる。

「あんた、誰なんだ。そんな真似ができる霊能力者なんて、聞いたことがない」

「いいから――いくぞ」

「う……っ」

櫛笥の左手に自分の右のてのひらを重ね、凱斗は短く息を吸った。呪文字の形に抉《えぐ》れた傷に己の消えかけた文字を合わせた刹那《せつな》、バチッと青白く火花が散る。

「これで準備は万端だな。さて、そろそろ行くか。あいつが、待ち兼ねている」

「ちょっと待てよ！　俺は、陣を組むのは反対だからな！」

一連の成り行きを呆然と見ていた煉が、ハッと我を取り戻して異を唱えた。

「陣ってのは、呪術の中じゃ最強だ。複数の霊能力者が息を合わせて、それぞれの力を増幅させる。だけど、かなりの熟練者が揃《そろ》っても成功する率はかなり低い。そうだろ、尊？」

「う、うん、その通りだけど……」

「おまけに、失敗した時の反動がきつい。下手をしたら死ぬかもしれない。そんな危険すぎる賭《か》けに、俺はともかく尊を乗らせるわけにはいかない。そもそも、陣の組み方なんて誰が知ってるんだよ。二荒、おまえが仮にできると言ったって俺は嫌だからな！」

「煉……」

断固たる口調で反対され、さしもの尊も口を挟《はさ》めない。煉が我儘《わがまま》からではなく、自分の身を案じて言っているので尚更なのだろう。だが、あいつを祓う術が他になければ、どちらにしても危険は一緒だ。清芽はしばし迷ってから、思い切って口を開いた。

「なぁ、凱斗。陣を組むメンバー、尊くんの代わりに俺が入ったらダメかな」

「おい……」

「わかってる。俺の〝視える力〟は、あんたからの借り物だ。俺自身が加護のお陰で霊感を持てないなら、陣を組んだって意味はないかもしれない。だけど、まったく持っていないんじゃなく、奪われて封じられているだけなら……可能性はゼロじゃないだろう？」

「それは……」

凱斗は即答をためらった。返答次第では、状況どころか清芽の運命が激変する。けれど、見つめる眼差しに強い彼への信頼を感じ取ったのか、神妙な顔つきで問い返してきた。

「それは、おまえ自身の加護を解除するって意味か？」

「凱斗、あんたの力は単なる霊能力とは質が異なる。そういう荒業、できるんじゃないか？」

「…………」

「たとえ二十四時間、悪霊に狙《ねら》われるようになったとしても、俺にはあんたが付いている。凱斗、言ってくれたじゃないか。俺のために……俺を守るために強くなったんだって」

どんな小さな強がりでも、きっと凱斗は見抜くだろう。それがわかるからこそ、嘘は絶対につけなかった。清芽は心を決め、彼へ偽りのない笑顔を向ける。

「凱斗がいてくれるなら、俺は大丈夫だよ。あ、あと例のチョコがあればね」

「清芽……」

「櫛笥さんがあいつを捕縛して、足止めしている間に陣を組む。そこで煉くんの力が増幅できれば、彼の除霊であいつを祓えるかもしれない。それで、煉くんも文句ないよな？」

「……いや」

「煉くん……？」

「悪いけど、やっぱりダメだ！」

今度こそ、と思ったのに、まだ煉は渋っていた。さすがに清芽も打つ手がなくなり、どうしたものかと途方に暮れてしまう。加護を失うということは、一生平和な生活を捨てるという意味だ。それほどの覚悟で申し出たのに、納得してくれないとは思わなかった。

——だが。

「御影の兄さん、あんたの決心は大したもんだよ。でも、それじゃ何も変わらない」

「え……それはどういう……」

「陣を組むには、最低でも四人必要なんだ。今の櫛笥では、仮に捕縛が成功してもかかりきりで足止めしなくちゃならない。俺たちは五人だ。残りの四名は全員で陣を組む必要がある」

「そう……なのか……？」

じゃあ、最初から自分は頭数に入っていたのか。

驚いて凱斗を見ると、溜め息混じりに肯定された。でも霊感など皆無なのに、と困惑していたら、そのまま彼がそっと耳打ちをしてくる。

「俺の貸してやった力は、刻印が出ている間はおまえのものだ。陣の術にも、ちゃんと反応するはずだ」

「な……んだよ、それなら早くそうと言ってくれれば……」

「いや、清芽の気迫に圧倒されていた。惚《ほ》れ直すくらい、カッコ良かったぞ?」

真顔でふざけるな、と蹴飛《けと》ばしてやりたかったが、半分は本気で言っているらしい。だが、こっちは悲壮な決意だったのに、と思うと八つ当たりせずにはいられなかった。

「あのなぁ」

清芽が尚も食ってかかろうとした時、突然ドン！　と天井から振動が響いてくる。部屋全体が大きく揺らぎ、空気が一変して張り詰めた。

「うわっ！」

「尊、大丈夫かっ?」

「僕は平気！　櫛笥さんはっ?」

「まぁ、何とか。……というより、これは……」

禍々《まがまが》しく亀裂の入った壁に視線を留め、ベッドから降りた櫛笥が苦笑いを浮かべる。

「──来たね」

「二荒さん、危ないッ！」

尊の叫びにハッとして凱斗を見ると、壁から彼の足元まで抉った痕《あと》が走っていた。間一髪で避けたのか、低く身構えながら凱斗が振り返り、意外なことを言い出す。

「尊！　使える雑霊を一人憑依《ひょうい》させろ！」

「ぼ、僕が？　今すぐここで？」

「おまえは、憑依させた霊と意思の疎通ができる。訊くんだ、あいつがどこから来たのか。そこから凶方位に捕縛の陣を描く！　いいな、櫛笥！」

「あ、そうか。それなら、あいつの力も少しは弱まる……」

「急げ！　憑依の間、煉は尊を死ぬ気で守れ！」

最後の言葉と被《かぶ》さって、ヒュッと空気の避ける音がした。凱斗の真横で窓ガラスが割れ、清芽は弾かれたように彼へ駆け寄る。浮き上がった破片が一斉に二人を狙ったが、清芽が凱斗にしがみついた途端、ただの物となって床に落ちていった。

「バカ、出てくるな！　危ないだろうがっ！」

「危ないのは俺じゃない、凱斗だよ！」

「う……まぁ、それは……」

否定はできないが、面白くはなさそうだ。清芽も自分の意志ではなく、危険な目に身を晒《さら》さないと加護が効力を為さないため、凱斗の肝を冷やしているのもわかっていた。けれど、やはり動かずにはいられない。

何故なら――。

「あいつが……」

視えるようになって、ようやくまともにその姿を捉えることができた。

清芽は生唾《なまつば》を呑み込み、こみ上げる恐怖を必死で抑え込む。

「あいつが……ずっと俺を……」

天井に張りついていた影が、少しずつ人型の肉塊へと変貌した。己の重さに耐えかねたようにぶらりと逆さまになり、あらぬ方向へ曲がった首が今にもねじ切れそうに揺れている。

『見える？　男の人が四つん這《ば》いで逆さまになってるの。そんで、ゆらゆら揺れてる』

幼い明良の声が、耳の奥で響き渡った。

では、やはりあいつが――そこまで言いかけて、悪寒に身が竦む。二十歳の今日まで、あんなモノが自分に付き纏《まと》っていたのか。恐ろしいほどの執念に、ただ愕然《がくぜん》とする。

「おまえが……」

眼球はとうに腐り果て、黒い穴から蛆《うじ》が溢れていた。

腐汁が額をつたって髪を濡らし、不気味なぬめりを生んでいる。

ぱくりと横に切れた線は、どうやら口のようだ。

「ミィツケタァアアァ」

歓喜にまみれて、男が咆哮《ほうこう》を上げた。それは、すでに怨霊の域ではない。凱斗が言ったように、年月と共に膨らみ続けた怨念が軸の狂った欲望そのものに変化している。

「二荒さん、わかりました！　西南です！」

憑依を終えた尊が、慌ただしく報告をしてきた。かなり急いだのか、疲労が色濃く浮かんでいる。よし、と健闘をたたえて凱斗が頭を撫でると、凄い勢いで煉に睨まれた。

「煉、後はおまえの出番だからな」

「わかってるよ。わかってるけど、尊に気安く触ってんじゃねぇよ！」

「おまえは、ただの我儘なガキじゃない。あれだけ陣に反対したからには、ちゃんと策があるんだろうな？　そうでなければ、ここで全員あいつに喰われるぞ」

「ふん」

偉そうに、とでも言いたげに横を向き、煉はにんまりと勝ち気に笑んだ。

「俺に命令すんじゃねぇよ、庶民」

「煉、気をつけて……」

「ああ、任せておけって」

強気で言い返してくるあたり、やっと普段の調子が戻ってきたようだ。一方で櫛笥が「最後の術か……」と口の中で呟き、意を決した面持ちで歩き出した。

「西南の凶方位……あそこだね」

キュッと唇を引き結び、備え付けのワードローブの方へと歩き出す。だが、彼が立ち止まった瞬間、等身大の鏡に無数のひびが走り始めた。

「櫛笥さん！」

まずい、と反射的に飛び出し、清芽が彼の前に立つ。その途端、ひびが途中でピタリと止まり、鏡が粉々に砕け散った。櫛笥が「ありがとう」と小さく呟き、その場に屈《かが》んで指を噛む。

溢れる血の匂いに呼応したのか、天井のあいつが声にならない雄叫《おたけ》びを上げた。

「おおおおおおおおおおおおおおおおおおおおお」

「来るぞ！」

凱斗の叫びに反応し、ハッと清芽が身構える。ざくざくと壁に爪をたて、四つん這いのままあいつが這い寄ってきた。衝撃で壁紙が剝《は》がれ落ち、部屋中に粉塵《ふんじん》が舞い上がる。

（す……ごい……）

あまりに凄惨《せいさん》な光景に、清芽は瞬きもできなかった。加護のお陰でいかなる霊も影響は与えられない、とは言われていても、本能的な恐怖はどうしようもない。

（でも、俺がここに留まって防がなきゃ。せめて、櫛笥さんが術を完成させるまで）

目の前の壁に、あいつがやってきた。距離は三十センチも離れてはいない。

（逸らしちゃダメだ……逸らしちゃ……）

半分とれかけた生首が、清芽を見咎《みとが》めてニタリと笑った。そのままボトリと胴体から千切れ落ち、ごろんと床を転がって止まる。かつて明良が描写した通り、生首は愉悦の表情をたたえてジリジリと清芽の足元へ近づいてきた。

「ミツケタ」

おまえを見つけたぞ。

ずっと待っていた。ずっとずっとずっと。ずっとずっとずっと。

「あ……あ……」

誰か、と助けを求めたいのに声が出ない。喉がひりつき、瞳はおぞましい化け物に釘付けとなった。お兄ちゃんにね、と明良は言う。蘇る記憶がぐるぐる頭を回る。

それでね、お兄ちゃんの足に。

嚙みつこうとしたの。

「いや……だ……来るな……」

「ミツケタァァァァァ」

お兄ちゃんの足に、嚙みつこうと――。

「嫌だ――ッ！」

「清芽！」

声を限りに絶叫する清芽を、凱斗の強い腕が引き寄せる。どこより安堵できる胸に抱き止められ、全身からドッと力が抜けていった――刹那。

「我が血、縛となりて魔を招来す。その力は斬・滅・散！」

鋭い声音と共に、櫛笥の呪法が発動した。

生首はビクリとそちらを向き、ごろんごろん、と転がっていく。だが、数秒もたたないうちに壁に張り付いていた胴体が、奇妙な音をたてて捩《ね》じれ出した。

「くり返す！　我が血、縛となりて魔を招来す！」

櫛笥の言霊が鋭利さを増す。

清芽は、祈るような思いでそれを見守っていた。

「その力は――斬！　滅！　散！」

切り裂くような声と同時に、呪文字の閃光《せんこう》が生首を搦め捕る。男の口から腐った舌が飛び出し、奇声を上げて腐臭を撒《ま》き散らした。赤い光が何本も突き刺さり、顔の半分からぐにゃりとずれていく。己の術のあまりの凄《すさ》まじさに、櫛笥は放心したように呟いた。

「かかった……――」

「煉！」

すかさず、凱斗が叫ぶ。

間髪容《い》れず煉のよく通る声が、耳慣れない呪法を諳《そら》んじていった。

「八剱《やつるぎ》や、波奈《はな》の刃のこの剣《つるぎ》、向かう悪魔を薙《な》ぎ祓うなり！」

ゴッと嵐のような突風が、彼を包んだ。

その全身から、畏怖とも呼べる力が滲み出る。

「あれは……九字じゃない……」

「ああ。より強力な魔切りの十字だ。なるほどな、煉の奴、隠し玉を持っていたってわけか」

清芽の独り言に答え、凱斗が感嘆の息を漏らす。煉は真言を唱えながら右の人差し指と中指のみを立て、刀印と呼ばれる形を作った。

「天！　地！　玄！　妙！　行！」

「ウオォオォオ……」

「神！　変！　通！　力！」

「アガァウオォォォォォッ」

「――勝！」

刀印を打ち下ろすや否や、雷光が生首の内側から無数の針となって貫く。同時にボキリ、と嫌な音がして、ついに胴体が半分に捩じ切れた。

「ウガアアアアアアァ――ッ！」

断末魔の叫びをあげ、ブシュッと生首が破裂する。噴き出す黒い血飛沫が、天井をドス黒く染め上げた。喰われた数千、数万の魂が怨恨《えんこん》の叫びを放出する。発狂しそうな混沌《こんとん》の中、どこからか最後の呻きが聞こえてきた。

「ミ……イ……」

ぞくり、と清芽が身震いをする。凱斗が、再び身体を引き寄せた。

「ミ……ツケ……タ……」

それきり、シンと室内が静まり返る。

腐臭も千切れた胴体も黒い血も、そうして――肉片となった生首も。

全てがみるみる塵《ちり》と化し、外から吹き込む夜風に攫《さら》われていった。

「…………」

しばらく、誰も口を開かなかった。

夜風は尚も流れてくる。澱《よど》みが一掃されたせいか、急に視界が鮮明になった気がした。清芽は深々と息を吸い、そしてゆっくりと吐き出してみた。

「お……わった……」

気が抜けたように煉が呟き、がくりと床に膝《ひざ》を突く。しかし、尊が半泣きで駆け寄るなり、勝ち誇った顔で強気に微笑んでみせた。

「煉、凄いよ。いつの間に十字なんて会得《えとく》してたの？　僕、知らなかったよ」

「いや、会得なんかしてねぇよ。見よう見まねだって」

「え？」

「ここへ来る前に読んでたマンガにさ、ちょうど出てきてたから」

へへ、と悪びれずに白状する彼に、皆は呆れて声も出ない。それは尊も同じだったようで、いい気になっている従兄弟《いとこ》に向かって「バカッ！」と思いきり罵《ののし》った。

「清芽、チョコ食うか？」

半分放心して佇《たたず》んでいたら、目の前にチョコの箱が差し出される。いつの間に、とニヤニヤしている凱斗を見返し、清芽は「それじゃあ」と眼前に手のひらを広げてみせた。

「ここに降らせてよ。強くなりますようにって」

「…………」

「御呪いなんだろ?」

負けじと笑みを浮かべ、降ってくるチョコを受け止める。いいな、と煉と尊が羨《うらや》ましそうにしていたので、彼らと「僕は……」と遠慮する櫛笥にも、手のひらに乗るだけ振る舞った。

穏やかな時間。優しい空気。

何もかも、この屋敷では初めて味わうものばかりだ。

「まぁ、チームワークなんて上等なもんじゃなかったけどさ。でも、それなりに成果はあったんじゃね? 少なくとも、この中の誰が欠けてもあいつは祓えなかった。多分……櫛笥の捕縛の呪法でないと、俺の十字切りまでもたなかったし」

「え……」

ボリボリとチョコを頬張る煉の言葉に、櫛笥は驚きを隠せないようだ。彼は乱れた前髪を照れ臭そうにかき上げ、文字通り「憑き物の落ちた」顔で控えめに笑った。

「皆に迷惑かけちゃったね。今更だけど、本当にごめん」

「櫛笥さん、そんな……」

「いいんだよ、葉室くん。それより、君の加護は凄いね。目の当たりにして感動したよ」

「え、や、俺は……」

「そうそう！　でも、ずっるいよなぁ。あんな能力、ほとんど反則じゃん」

「さすが、破邪《はじゃ》の剣の『御影神社』だよね。葉室さん、凄いです！」

清芽の加護については、やはり皆も興味が大きいようだ。同時に、これからも『獲物』として狙われ続けるであろう運命に、少しの同情と抑えきれない好奇心も抱いているらしい。

「皆、他人事だと思って……」

しかし、軽い愚痴《ぐち》にできるくらいは清芽も現実を受け入れつつあった。何より、「おまえを怨霊の餌《えさ》になどさせない」と言い切った凱斗の存在が大きい。たった一週間の間に、彼は清芽の人生に於いてかけがえのない存在になっていた。

だから、きっと大丈夫だ。

どんな運命が待っていようと、凱斗の手が何度でも一人ではないと教えてくれる。

「結局さ、霊能力者でチームを作るって話、どうなるんだろうな、尊？」

「さぁ……無理なんじゃないかなぁ」

「僕は、面白いと思うけどね。それこそ、今回のようなケースなら充分ありだし」

そんな風に言ってから、櫛笥は静かに笑顔を引っ込めた。恐らく、今後も力を継続して使えるかどうか、まるでわからないせいだろう。けれど、清芽の心配をよそにすぐ微笑を取り戻すと、何かを吹っ切ったような目で言った。

「やっぱり、このまま諦めてしまうのは嫌だな」

「櫛笥さん……？」

「僕は、人より霊の世界に近いせいで嫌な物をたくさん視てきた。それは、多分ここにいる皆も同じだと思う。だけど、あることで他人まで巻き込んでしまって……思えば、その頃からなんだ。少しずつ力が思うように出せなくなったのは」

「え……」

「表沙汰《おもてざた》にはならなかったけど、僕が霊視したある新人のグラビアアイドルがいてね、彼女の亡くなったお祖母さんがひどく怒ってるって言っちゃったんだよ。水着とか下着とか、そういう写真を世間に出してる商売だろ。でも、彼女は貧しい家族の経済的柱にならなきゃいけない事情があって、決して自分から好きで始めた仕事じゃなかった。ひどくお祖母ちゃん子だった彼女は、僕の発言にとても落ち込んでしまって……鬱《うつ》みたいになっちゃってね。仕事は激減、家族はバラバラ、ちょっと深刻な事態を引き起こしてしまったんだ」

誰も——毒舌な煉でさえも、何も言えずに黙ったままだった。

亡くなった人間が、生者に影響を与えることはできない。それが自然の理《ことわり》だ。霊視によって死者の言葉を伝える行為は、ある意味それを捻じ曲げる結果になる。誰かを救うこともできるが、一方で誰かを追い詰めることにもなりかねない。

その重みと痛みを、死者と交流できる者は真摯《しんし》に受け止めねばならないのだ。

「先入観をもたないよう、それまでの僕はあえて対象者のデータを入れずにいた。だから、彼女の背景を何も知らなかったんだ。その結果、視たまま、聴こえたままを伝えて傷つけた」

櫛笥は一つ溜め息をつき、少し淋しげな笑みを浮かべた。

「もしかしたら、今までだってそういう人を生んできたかもしれない。そんなことを考え出したら、自分の力がとても穢《けが》れたものに思えてね。本来、知らずに済んだことを伝えるのに何の意味がある？　とかね。もともと霊視が専門じゃないし、もうやめようって思ったんだけど、芸能界っていろんなしがらみがあって簡単には抜けられないんだよ。所属しているプロダクションとの契約とか、仕事のキャンセルをマスコミはどう報道するだろうとか。なまじ顔がそこそこ売れちゃったんで、僕の失態は霊能力者のイメージアップどころか逆効果になってしまう。そんなこんなで、まぁ……僕自身も追い詰められていたんだよね」

「そう……だったんですか」

しんみりした空気が、その場にいる全員を包んだ。櫛笥の苦悩は想像して余りあるし、同じ力を持つ者なら他人事とは思えないだろう。加護によって霊感を持たずにいる清芽でさえ、彼の苦しい立場は理解できた。

「でもね」

先ほど、諦めたくない、と言った時の目をそのままに、櫛笥は凛《りん》と声を張る。

「やっぱり、僕は霊能力者なんだよ。持って生まれた能力を、どう活かしていくかを命題に生きていきたいんだ。さっき、久々に術を使いこなした感覚には震えがきた。だから、思い切って全てをリセットして、一から修行し直すよ。今回あいつに憑かれたのは、僕の心の弱さが、覚悟の緩さが招いた結果だ。二度と、そんなことにならないようにね」

「そうですよ！　櫛笥さん、頑張ってください！　僕、応援してますから！」

尊が感激したように賛同し、ね、と隣の煉に同意を求めた。その流れで皆の視線が集中し、煉はたちまち顔を赤くする。

「へ……」

「煉……？」

「へっ、よく言うぜ。女優とかアイドルと、写真撮られまくってた奴がさぁ」

「煉！　君はまた、そんなこと！」

「え、そうなんだ？　煉くんって、櫛笥さんの動向に詳しいよね」

「な……ッ」

さりげなく落とした清芽の爆弾に、一同が「確かに……」と大きく頷《うなず》く。

気の毒な煉は「ちっ、ちげーよっ！　何言ってんだよ、バーカバーカ！」と幼稚極まりないごまかし方をして、更なる失笑を買う羽目になった。

「あ、誰か来たみたいだよ。皆川さんかな？」

「そういえば、そろそろ夕食の時間だな」

階下で玄関を開ける音に続き、人の気配と足音がする。助け船のつもりで清芽が言うと、凱斗が初めて時間に気づいたように嘆息した。

「僕、見てきますっ」

皆川の料理を誰より楽しみにしている尊が、張り切って部屋を出て行く。ようやく空腹を感じることができ、それぞれがホッと安堵の息を漏らした時だった。

「皆さま、お仕事完了、おめでとうございます。どうでしょう、この清々しい空気！　素晴らしい！　実に感動的です！」

聞き覚えのある芝居がかった声が、一階から朗々と流れてくる。

清芽たちはギョッとして顔を見合わせ、まさかまさか、と心を躍らせた。

「あれって……もしかして」

「え、でもさ……」

「凱斗……本当に？」

おそるおそる問いかけても、凱斗は笑って答えない。

その直後、階下から尊の「ジンさん！」と涙声で呼ぶ声が皆の耳に届けられた。

兄さん、と呼ばれて、清芽は竹箒《たけぼうき》を持つ手を止めた。

境内の落ち葉は掃いても掃いてもキリがなく、いい加減に嫌気が差していたところだ。明良が来たのを口実に今日はここまでにしよう、と勝手に決めて白衣の弟を振り返った。

「どうした、今日のお勤めは終わりか？」

「うん。だって、明日には東京へ戻るんだろ？　だったら、ちょっとでも話がしたいと思って父さんに切り上げてもらったんだ。大体、冬休みに帰省するなんて初めてじゃないか」

「年末年始は、バイト三昧《ざんまい》だったからな。でも、これからは違うよ」

今までになく穏やかな気持ちで、清芽は笑って答える。

こうして本人を前にすると、やはり自分たち兄弟はよく似ていると思った。明良の方がもうすぐ身長を抜きそうだ、というのは面白くないが、おとなしめなのに勝ち気な目だとか、いかにも強情そうな口許などはまるで鏡を見ているようだ。

「何、人の顔ジッと見て」

「いや、明良にも世話になってるなぁと思って」

「急にしおらしいこと言っちゃって。いいよ、兄さんは今までのままで。そうでないと、何のために俺たちが兄さんの力を黙っていたか、わからないだろ」

「それは……まぁ、そうなんだけど……」

改めて考えると、自分はかなり甘やかされてきた。知らないところで守られ、気を配られ、常に心配されてきたのだ。

「俺自身は感じなくても、どこで悪霊に目をつけられるかわからない。父さんたちが母屋じゃなく別棟に俺を起居させたのも、極力神社の祭事に関わらせなかったのも、できるだけ霊が集まりやすい場所から遠ざけようって配慮だったんだな」

「まぁ、気休めに過ぎないけどね。兄さんはわけわかんなくて淋しかっただろうけど、下手に事情話しても無闇に怖がらせるだけだし。父さんも母さんも、いくら加護があるからって言ってもいつも心配していたよ、兄さんのこと。もちろん、俺もね」

「そうなんだよな……。ずいぶん周囲に甘えて遠回りしたけど、やっとスタートラインに立てたんだ。自分が何者なのか、何ができるのか、与えられた加護を活かす道を考えていかなきゃな。だから、心配しなくても長期の休みにはちゃんと帰ってきて修行に励むよ。それに、いつまで加護を当てにできるか誰にもわからないもんな。万一には備えておかないと」

「それはまた、ずいぶん殊勝になったもんだね」

口調はからかっているようだが、明良もどこか嬉しそうだ。

「確かに兄さんの加護は強力だけど、絶対かどうかまでは俺にはわからない。だから、イザとなったら俺がいつでも兄さんを守れるようになっておかなきゃって、俺だってガキの頃から考えてたよ」

「弟に守られるなんて、そんなみっともない真似できるか。自分で何とかするよ」

「えええええ。俺の修行の動機は、そこだったんだけどなぁ」

ふざけた口調だが、声音はあくまでも真剣だ。彼は恨みがましそうに参道へ視線を移すと、向こうから歩いてくる青年を見て言った。

「あ、諸悪の根源がきた」

「え?」

「よう、清芽。掃除終わったのか?」

「凱斗……」

なるほど、諸悪の根源か。

内心で苦笑しつつ、確かに一連の除霊騒動は彼とぶつかった時から始まったのだと思う。

(それにしても、明良の奴、容赦ないな)

実は、明良の嫌みな物言いは、今に始まったことではなかった。自分の前では出来の良い弟なのに、どういうわけか凱斗に対しては対抗心を隠そうとしないのだ。むしろ、そっちの顔が素か、と言いたくなるくらい、イキイキと毒舌を振るっている。

(なんか意外だったよな。もっと、二人は仲が良いもんだとばかり……)

協会側から凱斗が明良をスカウトに来たのは、清芽が上京した直後だったという。所属自体は断ったものの、後々繋がりを持っていた方が何かと便利だと踏んだ明良は、つかず離れずで凱斗と連絡を取っていたらしい。

「そうしたら、ひょんなきっかけで昔っから兄さん狙いの変態野郎だってわかってさ。あの時は、思わず呪殺してやろうかと思ったよ」

「やめろ、おまえが言うと冗談にならない」

「え、本気だったんだけど？」

「おまえな……」

しれっと言い返され、凱斗のこめかみに青い筋が浮き上がる。寄ると触るとこんな具合で、いちいち仲裁に入るのがバカバカしくなるほどだ。

「そういえば、煉と尊からメールが来てたぞ。あいつらも元気そうだな」

「ああ、俺のところにも来てたよ。東京に戻ったら、バイトしないかって」

「バイト？」

清芽の言葉に、凱斗の片眉がピクリと上がった。自身が清芽を胡散臭《うさんくさ》いバイトに引きずり込んだ張本人なだけに、どうしても反応してしまうのだろう。まさか、また……と目で問われ、清芽は笑って否定した。

「違うよ、家庭教師やらないかって。俺の教え方、凄く良かったらしいよ。西四辻《にしよつつじ》家の家庭教師なら、予備校の人気講師並みの給料くれるってさ」

「それはまた、ずいぶん気に入られたもんだな」

「あと、櫛笥さんからもきた。マスコミへの露出は止めて、しばらく修行に専念するって」

「そういや、そんなこと言っていたな。あいつもいろいろあったし、いいんじゃないか」

「うん、そうだね。来週から、うちの神社に来ることになってるよ。父の代理で、明良が指導するらしい。そうだったよな、明良？」

「まぁね」

「……ちょっと待て」

和やかに進んでいた会話が、凱斗の一言でぴたりと止まる。彼は非常に面白くなさそうな顔つきで、「何で、あいつがここに？」と詰め寄ってきた。

「あれは櫛笥の御曹司《おんぞうし》だぞ。こんな田舎までわざわざ来なくても、実家で幾らでも修行くらいできるだろうが。大体、流派とかどうするんだ」

「………」

「こんな田舎で悪かったね、ねぇ兄さん」

ふぅん、と冷ややかに微笑んで、明良がゆっくりこちらを窺《うかが》う。

清芽も静かな怒りを込めて、「そうだよなぁ」と微笑み返した。

「いつまでも、こんな田舎に引き止めちゃ気の毒だよな。先に東京へお帰りいただこうか」

「ちょ、ちょっと待て！　違う、悪かった！　今のは失言だ、取り消す！」

「自分だって、〝こんな田舎〟に来たから兄さんに会えたくせに」

「う……それは……」

明良にトドメを刺され、凱斗はぐうの音も出ない。しかし、さすがに苛《いじ》めすぎたので、清芽は笑って自分の持っていた竹箒を彼へ渡した。

「反省してるなら、これ奥の蔵へ片付けてきてくれるかな」

「ん？　まぁ、いいけど」

「俺も一緒に行くから。蔵の場所、わかんないだろ？」

そういうことか、と凱斗が表情を緩め、明良がやれやれと肩をすくめる。彼にはまだ正式に凱斗との関係を打ち明けていないが、たとえ霊感などなくても醸し出す雰囲気でバレているに違いない。凱斗への態度が冷たくなる一方なのは、多分そういう理由もあるのだろう。

「じゃ、俺は先に母屋へ戻ってようかな。兄さん、また後でね」

「少ししたら、俺たちもすぐ行くよ。凱斗の話、父さんもゆっくり聞きたいだろうし」

「話って……ああ、霊能力者戦隊とか作って悪と戦うってやつ？」

「……おまえ、完全にバカにしてるだろう」

数年越しで詰めてきた案件も、明良の表現を借りるとこのザマだ。ドッと疲れた凱斗が嘆息すると、歩きかけた明良がふと足を止めて振り返った。

「兄さんが入るなら、俺も行く」

「え?」

「霊能力者戦隊。ちょうど来年の春で卒業だし、大学は東京へ出る予定だから」

「え、おい、待てよ。おまえ、本気か?」

思いがけない申し出に、凱斗はおろか清芽もびっくりする。『御影神社』の跡継ぎとして、彼はずっと地元で生きていくと思っていたのだ。もちろん、話せば両親は理解してくれるだろうが、明良自身に東京への憧《あこが》れや神主とは別の道を模索する気がないことは清芽が一番よく知っていた。彼は生まれ育った神社や土地を、誰よりも深く愛している。

(もしかして……それも、俺のため……か……?)

今まで、無知故にさんざん迷惑をかけてきたのだ。さすがにそれは、と遠慮しようと口を開きかけたら、まるで先を読んだようにニコリと微笑まれた。

「違うよ、兄さん。俺のためだよ」

「明良……」

「〝視えない〟兄さん同様、〝視えすぎる〟俺はいつだって何かに怯《おび》えていたからね。でも、兄さんの側にいると安心だった。怖いモノは、絶対近寄ってこられないんだから。俺が、どんなに救われたかわかる? 兄さんがいたから、人並みに生きてこられたんだ。だから、これからも俺が快適に生きていくためには、兄さんに幸せでいてもらわないと」

「…………」

そう言うなり、浅黄の袴《はかま》を翻《ひるがえ》してたたたっと明良が戻ってくる。彼はあっと思う間もなく清芽の首に両腕を回し、子どものように抱きついてきた。

「おいっ」

こればかりは見過ごせず、凱斗が思わず抗議の声をあげる。明良は見せびらかすように、ふふんと凱斗へ視線を流し、再びツンと横を向いた。

「言っただろう、幸せでいてもらわないとって。そうでなきゃ、あんな言葉足らずの無愛想男に兄さんはやらないよ。もし、兄さんを悲しませるようなことがあったら、いつでも俺に言いなよね。凱斗とは、一度ガチでバトってみたかったんだ」

「やめろよ、死人が出るって……」

明良も凱斗も、常識を遥《はる》かに超えた霊能力者だ。下手にぶつかれば、どんな災害を引き起こすかわからなかった。シャレにならない、と清芽は青くなり、そんな兄の様子に「あはは」と明良が笑う。まったく、どこまで冗談でどこから本気か読めない奴だ。清芽の困った顔を見てようやく彼は笑うのを止め、耳元でそっと囁《ささや》いた。

「兄さん、良かったね」

「明良……」

「でも、さっきのは本気だからね。兄さんの味方は、凱斗だけじゃないんだよ。俺のことも、いつだって思い出してくれなくちゃ。兄弟なんだからさ」

そうだな、と答えて、弟の身体をしっかり抱き締め返す。

世界平和のためにも意地でも幸せにならなければ、と思った。


「しかし、明良のブラコンぶりは歪みないな。清芽に隠すことがなくなって、いっきに解放された部分もあるんだろうが。あいつ、目がマジだったぞ」

拝殿の裏手にある蔵から、掃除用具をしまった凱斗が出てきた。入り口の短い石段に腰かけて待っていた清芽は、「ありがとう」とホットの缶コーヒーを差し出す。今日は冷えるので、凱斗は嬉しそうにそれを受け取ると隣へ座った。

「でもさ、ちょっとだけ俺は嬉しいんだ」

「ん？」

「明良のことだよ。俺、いろんな意味であいつに負い目があったし、明良もそれは薄々感じていたと思うんだよね。兄弟仲は良かったけど、今まではどこかに遠慮があった気がする。そういうのが、今回の帰省ではなくなっていた。それが、凄く嬉しいんだ」

「そうか……」

缶コーヒーに口をつけ、凱斗が緩やかに微笑んだ。

「それを聞いて安心したよ。何しろ、今回の計画はかなり無茶やったからな」

「ああ、俺を巻き込んだこと？　凱斗、ずっと気にしてるよな。いいんだよ、結果オーライなんだから。俺は自分が何者なのかちょっとだけ見えてきたし、長いこと付き纏っていた怨霊も祓えた。煉くんや尊くん、櫛笥さんのような人たちとも知り合えたしさ。何より……」

「………」

ちら、と横顔を窺ったが、凱斗は知らん顔でコーヒーを飲んでいる。清芽の言いたいことはわかっているくせに、わざと無視しているのだ。

「凱斗に再会できたしね」

仕方がないので、最後まで言ってやる。てっきり、また淡々と「ああ」なんて返されるのかと思ったら、返事の代わりに顔が近づいてきた。

「あ……」

柔らかな感触に唇を塞がれ、香ばしいコーヒーの香りが立ち上る。温かな舌を受け入れ、愛撫されているうちに、すっかり芯が熱くなってきた。

境内で罰当たりだなぁ、と頭の隅では思うが、触れたい気持ちは止まらない。冬休みの帰省に凱斗が同行してくれたのはいいが、実家でのべつまくなしイチャつくわけにもいかず、キスだって今日はこれが一回目だった。

「未練、積み上がるばっかりだな」

やっと唇を離して、少し拗《す》ねた口調で凱斗が言う。

あいつの除霊から、すでに一ヶ月以上がたっていた。

解散してアパートへ戻った後、清芽は疲れから風邪をこじらせて寝込んでしまい、凱斗につききりで看病してもらう羽目になった。お陰で、まだ未練の昇華には至っていない。

「さすがに、おまえの実家じゃできないしなぁ」

「でも、明日には一緒に帰れるじゃん。明良が一緒に行くとか言い出さなければ、東京では好きなだけ二人きりでいられるよ。俺、凱斗の住んでる部屋とか見てみたいな。考えてみれば、まだあんたのこと何も知らないんだから」

「じゃあ、いっそ自己紹介からやり直すか。普通の恋人同士みたいに」

コツンと額を当て、凱斗が誘うような目つきで言った。普通か、と清芽は反芻《はんすう》し、男同士って前提からもう違うけどさ、と可笑《おか》しくなった。

明良があいつの除霊に失敗し、相談を受けた凱斗は一つの案を考えた。たまたま協会の方で進行中だった『チームで除霊に当たる』という計画のテストとして、あいつは最適な獲物ではないかと思ったのだ。それなら、一石二鳥で全てが片付く。

ただ、そのテストに清芽を巻き込むか否かでは、明良とかなり対立した。当然、明良は反対したし、兄を参加させるくらいなら怪我をしていても自分がいく、と言い張った。

（あの明良を説得するなんて、相当粘ったんだろうな）

凱斗の腕の中で、清芽は想像を広げてみる。

神格に近い清芽の加護は、しかし正体がまだわかっていない。恐らくは御影の血筋に当たる霊だと思うが、どれだけ明良が頑張っても霊視ができないのだという。正体が不明な以上、加護がいつまでもつのか、永遠か、明日には失せるのか、それさえ誰にもわからない。実際は、とても不安定な状態なのだった。

（だから、そろそろ俺にも立場を自覚させるべきだ――それが、凱斗の意見だった。一生守ると言ったって、本人が無防備なままではキリがない。万一、加護を失った時にどうするべきなのか、自身で道を選べるだけの覚悟はさせた方がいい。そう言って、彼は俺を依頼に引きずりこんだ。あいつと対峙《たいじ》させることが、俺の道を拓《ひら》くきっかけに必ずなるからって）

その代わり、と凱斗は明良へ宣言した。

命に代えても清芽は守るから、と。

「どうした？」

「え？」

「顔が笑ってるぞ。何か、嬉しいことでもあったか？」

「そりゃ、そうだよ。ここは、凱斗にとっても懐かしい土地だろ」

「………」

「ここで、俺たちは出会ったんだから」

清芽の言葉にしばし黙り、それからゆっくりと凱斗が笑った。甘く満たされた瞳に、柔らかな表情がとても似合う。こんな顔もできるのだと、清芽は愛しく彼を見つめ返した。

「けど、凱斗も因果だよな。何だかんだで派遣の霊能力者はやめたのに、上層部との付き合いは絶てなくて協会の仕事に噛んでるし」

「そのお陰で、一緒に里帰りができただろう」

「それは……まぁ、楽しかったよ。ちょっとした旅行気分も味わえた」

「時間ができたら、今度は本当の旅行へ行くか。南の島でもどこへでも」

「いいね。全国、除霊行脚《あんぎゃ》の旅になりそうだけど」

わざと笑い話にもっていったが、本当は凄く嬉しかった。他愛もない未来の話をして、ずっと並んで笑いながら歩いて行く。そんな二人にだって、きっといつかなれるはずだ。

そう、きっと……――。

「……凱斗」

「ああ?」

「気づいていい、いい、いい、いい、いるよね」

「――ああ」

声音に剣呑《けんのん》な響きが混じり、抱き締める腕に力が入る。

〝視える〟力は返してしまったが、短時間でも霊能力を身内へ取り込んだ影響か、ほんの少しだけ清芽にも〝感じる〟ことができるようになっていた。ただし、それは加護でも消せないほどの凄まじい怨念の……要するに、化け物じみたモノに限られる。

「心配するな」

緊張に強張《こわば》る背中を何度か撫で、凱斗が力強く言い切った。

それだけで恐怖は薄らぎ、清芽は彼を信じて目を閉じる。

「好きだよ、凱斗」

「俺もだ。おまえが好きだよ、清芽」

愛おしげに囁き、凱斗が改めて唇を重ねてくる。

口づけの甘美な陶酔が、束の間、不穏な気配を遠ざけてくれる気がした。

自分たちを包む宵闇は、間もなく魔の刻を迎えようとしている。

——逢魔が時がやってくる。

あとがき

こんにちは、神奈木《かんなぎ》です。このたびは「守護者～」を手に取っていただき、ありがとうございました。いつもはここで「楽しんでいただけましたか？」と続くところですが、今回はちょっと毛色が違いますので「怖がっていただけたでしょうか？」かな。そんなわけで、BL的にはここまで全開で大丈夫か、のホラーに挑戦してみました。とはいえ、どちらかというとエンタメ寄りの内容ですので、じっとりじんわり怖い、という和風な感じとは違います。いつか機会があればそういうのも書いてみたいのですが、今回は「BL＋エンタメ＋中二」な感じを私なりに目指してみました。登場人物の名前がやたら読み難いのは、そんな理由も少し入っています（笑）。「にしよつつじ」なんて、どこの早口言葉かと。作中では、キャラたちもきっと何度か舌を噛みそうになったに違いない。断言。

さて、本作を書くに至った経緯を少し。理由は単純明快。担当様の「一度、本気でホラー物やってみませんか？」という夢のようなお誘いでした。いろんなところで言っているのでご存知の方も多いかもしれませんが、私は無類のホラー好き（ただし、スプラッタ系は苦手です。心理的に怖いオカルト系が好き）。幼少時の仇名《あだな》は「妖怪博士」だし、五歳の頃に母親が口述筆記で残してくれた処女作は「悪魔のつかい」という筋金入りです。けれど読者を選んでしまう題材故、ＢＬで書くことはないだろうなぁと思っていたので、この企画には猫まっしぐらな勢いで飛びつきました。

しかし、ここで意外な事実が判明。実は担当様は、ホラー苦手体質だったのです（文字だけならともかく、ビジュアルがつくと滅法弱いらしい）！　打ち合わせは大抵真夜中なのですが、今回に限って電話が途中でブツブツ切れたり、執筆中も何度か私が体調を崩したりで「こ、怖いですっ」とさんざん怯《おび》えさせてしまいました。スミマセン。そんな恐怖心を越えて、あえて私の好きジャンルで話を持ちかけてくださった編集魂に改めて感謝感激です。

そんなわけで私自身は大のホラー好きですが、生憎と清芽同様に霊感ゼロの人間です。以前ある霊能者の方に視ていただいた時「とても霊に好かれやすい」とは言われましたが（嬉しくない）、今のところ霊現象などにも遭遇せずに生きてまいりました。なので、作中のエピソードの幾つかは私ではなく友人の実体験などが混じっています。世の中、怖い実話はたくさんあるのですね。この場を借りて、ネタ提供ありがとうございました〜。

美麗なイラストを描いてくださった、みずかね様。おどろおどろしい内容が、みずかね様の美しい絵でだいぶ緩和されたのではないかと思います。お忙しい中、大変ご迷惑をおかけして申し訳ありませんでした。そして、本当にありがとうございました。いただいたラフはどのキャラも素敵で目移りしてしまいましたが、個人的には中学生コンビが特にお気に入りです。

ホラーに加えて群像劇な様相もあり、好きなテイストを詰め込んで最後まで心躍らせながら書いた本作です。少しでも楽しんでいただければ嬉しいです。機会があれば、弟（書いている間にどんどんチート化が進んでしまった・笑）も参加しての第二弾が書けたらいいなぁ、なんて夢馳せておりますので、いつかお目にかけられる時があったらよろしくお願いいたします。

また、何か感想などありましたらお気軽にお寄せくださいね。お待ちしています。

それでは、またの機会にお会いいたしましょう——。

神奈木　智《さとる》拝

http://twitter.com/skannagi（新刊情報・近況はこちらで）

※参考文献
呪術探究〈巻の一〉死の呪法、呪術探究〈巻の二〉呪詛返し、呪術探究〈巻の三〉忍び寄る魔を退ける結界法（呪術探究編集部・原書房）、呪術・占いのすべて―「歴史に伏流する闇の系譜」を探究する！（瓜生中・渋谷申博　著・日本文芸社）、呪術・霊符の秘儀秘伝［実践講座］（大宮司朗　著・ビイングネットプレス：増補版）、日本の神々の事典―神道祭祀と八百万の神々（学研）、図説日本呪術全書（豊島泰国　著・原書房）

この本を読んでのご意見、ご感想を編集部までお寄せください。

《あて先》〒105-8055　東京都港区芝大門2-2-1　徳間書店　キャラ編集部気付

「守護者がめざめる逢魔が時」係

■初出一覧
守護者がめざめる逢魔が時……書き下ろし

Chara

守護者がめざめる逢魔が時

……【キャラ文庫】

2012年11月30日　初刷

著者　神奈木智
発行者　川田 修
発行所　株式会社徳間書店
〒105-8055　東京都港区芝大門2-2-1
電話048-451-5960(販売部)
03-5403-4348(編集部)
振替00140-0-44392

印刷・製本　図書印刷株式会社
カバー・口絵　近代美術株式会社
デザイン　百足屋ユウコ・うちだみほ(ムシカゴグラフィクス)

定価はカバーに表記してあります。

ISBN978-4-19-900691-3

好評発売中

神奈木智の本
「マエストロの育て方」
イラスト◆夏珂

七年前、後輩の告白を振って、失ってから気づいた恋――。燻《くす》ぶる想いを引きずるバイヤーの貴島祥《きじましょう》が、一目惚れしたのは、女性靴の新進ブランド。ところがその気鋭のデザイナーは、片恋の相手・蓮《れん》杖寺《じょうじ》敦司《あつし》だった!! 「祥さんは特別だから」と独占販売契約も結び、昔のように懐いてくる敦司。けれど、今さら好きだなんて言えない…。募る恋情に悩む祥に、敦司は「俺のこと、恐い?」と囁いてきて!?

好評発売中

神奈木智の本
【マル暴の恋人】
イラスト◆水名瀬雅良

ヤクザ顔負けの人相で、職務違反寸前の捜査は日常茶飯事──コワモテで鳴らす高千穂愛《たかちほめぐむ》は、元ヤン上がりのマル暴刑事。そんな彼の部屋の隣人は、高校時代からの友人・宮原束紗《みやはらつかさ》。腐れ縁の元優等生は、涼しげな美貌で超ハードな濡れ場を書く人気ポルノ作家!! 緊迫した張り込みの最中だろうが、「腹が減った」と傍若無人に電話してくる束紗に、高千穂は文句を言いつつ、なぜか世話を焼いてしまい!?

好評発売中

神奈木智の本

【その指だけが知っている】

シリーズ全5巻

イラスト◆小田切ほたる

高校二年生の渉《わたる》の学校では、ただいま指輪が大流行中。特に、恋人用のペアリングは一番のステイタス。ところがなんと、渉の愛用の指輪が、学園一の優等生とお揃いだった!?　指輪の取り違えをきっかけに、渉は彼・架月裕壱《かづきゆういち》と急接近!!　頭脳明晰で人望も厚く、凛とした涼やかな美貌――と三拍子揃った男前は、実は噂と正反対。口は悪いし、意地悪だし、なぜか渉には冷たくて…!?